안 철 수

안철수,
우리의 생각이 미래를 만든다

안철수,
우리의 생각이 미래를 만든다

유럽에서 찾은 공정하고 행복한 나라의 조건

안
철
수

지
음

21세기북스

나는 사람들이 어떤 문제 때문에 고통받는 걸 보면
그걸 꼭 해결해주는 사람이 되고 싶었다.
이미 문제를 알게 된 이상, 그걸 그냥 지나치기가 힘들었다.
_『안철수, 내가 달리기를 하며 배운 것들』 중에서

베를린에 있는 브란덴부르크 문은 독일 통일을 상징하는 건축물로 유명하다.

우리에게는 미래 담론이 필요하다

"미래는 이미 와 있다. 단지 널리 퍼져 있지 않을 뿐이다."
The future is already here. It's just unevenly distributed.
작가 윌리엄 깁슨이 했던 이 말은, 내가 2012년 9월 19일
에 정치를 시작하면서 인용한 문장이다. 나는 7년이 지난
2020년 1월, 다시 한 번 '미래'와 '개혁'에 대해 이야기하고
싶다.

흔히들 미래는 지금 이 순간에 존재하지 않으며, 아주 오
랜 후에 존재하는 상상의 영역으로 생각한다. 하지만 미래
는 그렇지 않다. 미래는 이미 우리 옆에 존재하고 있다. 지
금 우리 주위에는 가능성의 씨앗이 이곳저곳에 뿌려져 있
다. 우리의 노력에 따라서 이 싹이 트고 확산되면 이것은 우

리의 미래가 된다. 반대로 이 씨앗이 사라져버린다면 우리는 전혀 다른 세상에서 살게 될 것이다.

정치를 시작했을 때나 지금이나 나는 정치가 우리 사회에 대한 퍼블릭 서비스public service, 즉 봉사라고 생각한다. 개인적으로 안락하게 살고자 했다면 시작도 안 했을 일이다. 어떤 의미에서 보면 내가 사회로부터 받은 것이 많다고 생각했기에 나에게 정치는 사회적 봉사를 해야 한다는 소임과 같았다.

그러나 7년이 지난 지금, 실패와 패배, 실망과 비난, 그 모든 책임은 나에게 있다. 함께 희망을 가졌던 분들께 늦었지만 죄송하다고 말씀드리고 싶다. 내가 더 잘했어야 했던 부분들에 대해 느끼는 책임감은 나를 심하게 짓눌렀다. 이제야 죄송하다고 말씀드리는 것이 부끄럽다. 내 눈앞에 아른거리던 우리의 미래가 너무 암울해서 어떻게든 바꿔보고 싶었는데 잘되지 않았다. 의사, 프로그래머, 벤처 기업 CEO, 교수로 살아오면서 난관에 부딪히면 계속 정면 돌파하면서 살아왔다. 진심과 선의, 피땀 흘리는 노력으로 극복해왔다. 하지만 정치는 그것만으로는 부족했던 것 같다. 수십 년간 만들어진 거대한 시스템의 벽은 아주 단단했다.

지난 지방 선거에서 내 선거는 승산이 없는 것을 알면서도 나를 믿고 함께한 출마자들에게 인간적인 도리를 다하기 위해 지방 선거에 나왔고, 선거 결과를 겸허하게 받아들여 정치 일선에서 물러나기로 했다. 그리고 언제 돌아오겠다는 계획 없이, 반성하고 성찰하는 순례의 길이자 새로운 배움의 길을 찾아 독일로 떠났다.

이 모든 고민과 갈등 속에서 우연히 달리기를 시작했다. 달리기는 앞으로 어디로 가야 할지 고민하며 바닥에 웅크리고 있던 나를 일으켜 세우고, 다시 성장하고 싶은 마음이 들도록 이끌어주었다. 그리고 그 1년간의 기록을 모아서 오랜 친구에게 편지를 쓰는 마음으로 『내가 달리기를 하며 배운 것들』을 썼다. 나는 이 책이 나처럼 힘든 시간을 보내고 있는 사람들에게 조금이나마 도움이 되길 바랐다. 고달픈 일상에서 힘겹게 살아가는 사람들에게 어려움을 극복하고 행복을 찾을 수 있는 조그만 방법이라도 알려주고 싶었다.

미국에서는 학교를 다니면서 살아본 경험이 있지만, 유럽은 처음이었고 낯설었다. 일 때문에 출장으로 왔던 몇 도시를 제외하면 예순을 바라보는 나이에 프랑스 파리도 한 번 가본 적이 없었다. 그동안 마음 편하게 여행 한번 제대로 못할 정도로 바쁘게 살았나 싶기도 했지만, 이제라도 새로운 사회 시스템을 경험하고 배울 수 있는 기회에 감사했다. 내가 미안한 또 한 사람, 나의 아내 김미경 교수와는 내가 정치를 시작한 이후로는 함께 시간을 보내기가 힘들었는데, 아내의 연구년에 곁에 있어줄 수 있어서 이 또한 감사한 시간이었다.

유럽은 여러 나라가 각 나라의 특성에 맞게 살아가면서도 하나의 큰 연합으로서 함께 협력하는 독특한 시스템을 가지고 있다. 나라별로 자기들만의 생존 전략을 세우고 시행착오를 거치면서 자기들에게 맞는 방식을 찾아서 살아왔다. 각 나라가 하나의 '국가 전략 실험실'인 셈이다. 오랜 역사를 지닌 강대국 독일은 독일대로, 신흥 강자인 에스토니아는 에스토니아대로 각자의 방식이 있다.

그렇다고 유럽의 모든 나라가 모든 분야에서 앞서가는 것은 아니다. 사람 사는 것 다 똑같다는 말처럼 유럽도 문제가 있고 고쳐야 할 것도 많다. 다만 다양성의 측면에서 우리가 배웠으면 하는 전략과 기술, 철학과 마인드를 가진 나라들이 많다. 그래서 궁금한 문제가 있으면 어디든 현장을 찾고 전문가와 이야기하기 위해 배낭을 메고 떠나는 여행자가 되었다. 독일 뮌헨의 막스 플랑크 연구소 방문학자로서 연구와 프로젝트를 진행하며 바쁜 시간을 보내는 한편, 틈틈이 시간을 내어 수행자 없이 대중교통을 이용하여 유럽 곳곳의 사람들을 만나러 갔다. 물론 인터넷에서 검색하면 정보가 나오고 유튜브를 통해 강연도 볼 수 있지만, 직접 찾아가서 만나고 대화하면서 열정과 통찰력 공유를 통해 얻는 지식만큼 큰 힘을 발휘하는 것도 없다.

나는 한국에서도 다양한 분야의 전문가를 만나고 소통하는 일을 좋아했는데 유럽에서도 마찬가지였다. 열심히 이야기를 나누다 보면 항상 약속한 시간보다 한두 시간이 더 지나기 일쑤였다. 다행히 다들 영어를 잘해서 큰 도움이 되었다. 4차 산업 혁명과 정보 통신, 과학 기술부터 경제, 산업, 노동, 교육, 복지, 농업, 관광에 이르기까지 그 분야의 리더들과 전문가들을 만나 받은 자료들은 고스란히 가져왔고, 그들과의 이야기를 기록한 노트만 십여 권에 달한다.

그때마다 가장 큰 자극을 받았던 점은, 다른 나라들은 세계적인 변화의 흐름에 뒤처지지 않기 위해 정말 열심히 고민하고 일하고 있다는 것이다. 각국의 정부들은 민간단체나 기업만큼이나 변화에 민감하게 대응하고 있다. 그때마다 우리나라에 대한 걱정이 앞섰다. 세계에서 가장 열심히 일하는 국민들로 이루어진 대한민국에서는 바깥은 쳐다보지 않고 안쪽만 바라보고 서로 분열과 갈등만 반복하면서 '앞으로 뭘 먹고 살아야 하나'와 같은 중요한 미래 담론은 실종되어 버렸기 때문이다. 그래서 우리나라가 이러한 상황에서 벗어나는 데 조금이라도 도움이 되고자 이 책을 쓸 생각을 하게 되었다. 유럽의 여러 나라들을 다니면서 배우고 깨달았던 점들이 정말 많았다. 또한 밖에서 우리나라를 바라보니 장점도 단점도 더 잘 보였다. 이러한 깨달음을 바탕으로, 우리의 미래를 위해 우리가 더 좋은 선택을 하는 데 도움이 될 수 있는 이야기들을 전하려고 한다. 유럽의 현장을 보여주기 위해 독일에서 받은 아이폰 6로 사진을 찍었고, 내가 나온 사진 이외의 대부분 사진들은 직접 찍은 것이다.

앞으로 우리가 함께 만들어 가야 할 국가의 비전은 '행복한 국민', '공정한 사회', '일하는 정치'가 되어야 한다. 대한민국과 유럽을 보면서 내린 결론이다. 이제는 국가를 위해서 일방적으로 개인의 희생만을 강요하던 시대는 지났다. '부강한 나라가 행복한 국민을 만든다'가 아니라 '행복한 국민이 부강한 나라를 만든다'라는 인식의 대전환이 이루어져야 한다. 또한 우리 사회의 뿌리 깊은 부패와 불공정을 바로잡지 않으면 국가의 미래는 없다. 국민이 분열되는 근간에는 불신이 자리 잡고 있고, 불신은 부패와 불공정에서 생겨난다. 공정하고 깨끗한 사회를 만드는 것만이 신뢰 사회, 통합된 사회를 만들어 앞으로 나아갈 수 있는 것이다. 그리고 이러한 일들을 하기 위해서는 싸움만 하는 정치가 아니라, 일하고 문제 해결을 하는 정치로 바뀌어야 한다.

또한 유럽의 여러 나라들이 '행복한 국민', '공정한 사회', '일하는 정치'를 이루기 위해 실행 과정에서 공통적으로 중요하게 생각하는 가치에는 어떤 것이 있을까에 대해서도 생각이 미쳤다. 내 나름대로의 결론은 '도덕', '합리', '투명', '자율', '축적', '통합', 그리고 '미래'의 7대 가치였다. 이 책에서는 내가 방문했던 유럽의 14개 국가 중에서 에스토니아, 스페인, 핀란드, 프랑스, 독일의 다섯 나라에 대해서 중점적으로 다루고자 한다. 그리고 각 나라마다 5개, 총 25개의 중요한 미래 화두에 대해서 이야기하겠다.

미국 스탠포드 법대로 와서 이 책을 쓰면서 하나씩 내 생각이 정리되어갔다. 우리나라를 위해서 지금 이 시점에서 꼭 필요한 이야기를 하는 것이 지금까지 기대해주셨던 분들에 대한 최소한의 도리라는 생각이 들었다. 지금 이 책의 프롤로그를 쓰고 있는 시간은 내가 다시 현실 정치에 복귀하겠다고 선언한 후이다. 나는 또다시 가족을 힘들게 하는 사람이 된 것이다. 어디 가족뿐이겠는가. 나를 믿고 응원해주는 분들께도 혹독한 시간이리라.

두 기득권 정당 중 누구 편이냐고 묻는 사람들에게는 무슨 말을 해도 이해 받지 못하리라는 건 내가 더 잘 알고 있다. 그리고 이미지 조작에만 능하고 국민보다 자기편 먹여 살리는 데 관심 있는 세력에게는 내가 눈엣가시라는 점도.

그래도 괜찮다. 나는 미래를 믿는 사람이기 때문이다. 문제가 있으면 해결해 나가면서 더 나은 내일을 만들려고 하는 것은 '나'의 본질이다. 힘들지만 함께 노력하면 더 좋은 미래를 만들 수 있을 것으로 믿는다. 그게 관행이라고, 그게 정치라고, 그게 현실이라고 말하는 사람들이 만들어온 변하지 않는 사회 시스템은 내가 고치고 싶은 가장 큰 숙제이다.

다른 나라들에서는 내가 과거부터 꿈꿔왔던 미래는 이미 와 있었다. "미래는 이미 와 있다. 단지 널리 퍼져 있지 않을 뿐이다." 우리가 더 나은 미래에 대해 생각을 모을 때만이 우리가 원하는 미래는 우리 곁에 올 수 있을 것이다. 나는 여전히 이 말을 믿고 있다.

2020년 1월,
미국 스탠포드에서 안철수 쓰다

차례

1부
국가는 속도가 아니라 방향이다

에스토니아

#블록체인#투명#전자정부#데이터#미래#축적

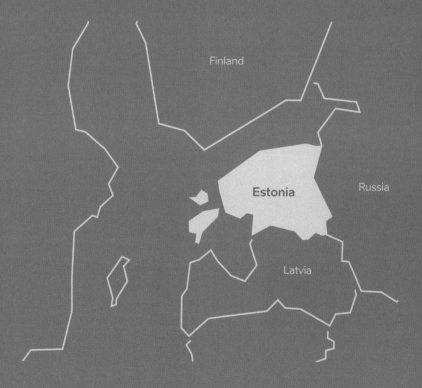

Finland

Estonia

Russia

Latvia

젊은 리더가 이끄는
세계에서 가장 앞선 디지털 사회

에스토니아는 라트비아, 리투아니아와 함께 발트 3국의 하나다. 국토 면적은 한반도의 5분의 1 규모이고, 인구는 경기도 수원시보다 조금 많은 130만 명 정도의 아주 작은 나라다. 수도는 '덴마크인의 성'이라는 뜻의 탈린Tallinn이다. 1208년부터 독일이 덴마크와 손잡고 에스토니아를 침략해 정복했고, 1219년 덴마크는 에스토니아 북부 지역에 도시를 건설해 레발이라는 이름을 붙였다. 그러나 1918년 독립한 에스토니아는 이 도시의 이름을 탈린으로 바꾸었다.

덴마크를 시작으로 에스토니아는 주변 강대국 독일, 스웨덴, 구소련의 지배를 받는 세월을 보내야 했다. 제2차 세계 대전 때는 구소련과 독일의 전쟁으로 수많은 국민이 희생된 불행한 역사를 가지고 있다. 드디어 1991년 구소련이 무너지면서 동구권의 약 30개 나라가 독립했고, 에스토니아도 독립의 꿈을 이뤘다.

독립 후 1992년 에스토니아 초대 총리로 마르트 라르 Mart Laar가 취임했다. 취임 당시 그의 나이 32세였다. 그는 과감하게 자유민주주의와 시장경제 체제로 국가가 나아갈 방향을 잡았다. 자유로운 무역 정책을 추구했고, 외국 자본 도입에 개방적이었다. 기업은 민영화됐고, 균형 예산 원칙을 지켰다. 마르트 라르는 1995년 급진 개혁에 반발하던 반대파에게 정권을 빼앗기기도 했지만, 1999년 다시 총리가 되어 돌아왔다.

갓 독립한 에스토니아는 나라도 작은 데다 자원도 부족하고 가진 것이 거의 없었다. 어떻게 해야 다 함께 잘살 수 있을지 방향을 제대로 잡는 것이 무엇보다 중요한 상황이었다. 이때 국가 전략의 방향을 ITInformation Technology 분야로 집중했다. 선택과 집중 전략이었다. 정부와 민간이 힘을 합쳐 정보통신 기술을 최대한 활용해 효율적이고 안전하고 투명한 국가를 만들기로 결정한 것이었다. 이 같은 결정은 결과적으로 오늘날 에스토니아를 유럽에서 가장 앞서가는 IT 국가로 만들었다.

에스토니아 국민은 어려서부터 IT 교육은 기본이고 코

딩 교육, 사이버 보안 교육을 받는다. 대학의 IT 전공 인력 비율도 다른 나라의 두 배 이상이다. 에스토니아 전체 가구의 87.9퍼센트는 컴퓨터를 갖고 있고, 90퍼센트의 가구에는 초고속 인터넷이 보급되어 있다. 에스토니아 국민은 태어나자마자 디지털 칩이 내장된 전자 신분증을 발급받으며, 신분증 카드를 컴퓨터에 꽂아 본인 인증만 하면 세금 납부 등의 행정 서비스를 온라인으로 이용할 수 있고 금융 거래, 의료 및 교육 서비스는 물론 투표까지 할 수 있다.

그 결과 에스토니아에서는 세금 신고의 95퍼센트, 은행 거래의 99퍼센트가 온라인으로 이뤄진다. 나라 전역에서 전자건강기록EHR 시스템을 이용할 수 있고, 국민의 97퍼센트가 디지털 의료 기록을 가지고 있으며, 의료 처방전의 97퍼센트가 디지털로 발급된다. 법인 설립도 98퍼센트가 온라인에서 이뤄진다. 최단 기록은 18분으로 알려져 있다. 실제로 에스토니아에서는 전자 서명을 활용한 IT 환경의 변화로 국내총생산GDP의 2퍼센트에 해당하는 비용이 절약되는 효과가 있다는 보고도 있다. 미국의 IT 분야 전문지 『와이어드Wired』는 에스토니아를 가리켜 '세계에서 가장 앞선 디지털 사회'라고 했다.

에스토니아의 개혁과 발전을 위한 여러 노력은 시간이 흐르면서 빛을 발하기 시작했다. 2004년 북대서양조약기구NATO와 유럽연합EU에 정식 가입했고, 이제는 사회주의의 모국이었던 러시아보다 훨씬 월등한 번영을 누리는 서방 국가의 일원이 되었다.

에스토니아는 이제 정치적, 경제적으로 성공을 일군 나라가 되었다. 1인당 GDP는 1999년 4,155달러에서 2018년 2만 3,330달러로 무려 461퍼센트 상승했다. 언론의 자유와 책임성, 정치적 안정과 폭력의 부재, 정부 효과성, 규제의 질, 법치, 정부에 대한 신뢰 등 '굿 거버넌스Good Governance' 측면에서는 전 분야에 걸쳐 한국을 앞서고 있다. 2017년 통계를 보면, 경제협력기구OECD 국가 기준 조세 국제 경쟁력 지수 1위, 프리덤하우스 인터넷 자유도 지수 1위, 바클리즈 전자 개발 지수 1위 자리를 모두 에스토니아가 차지했다.

에스토니아 수도 탈린에 있는 동방 정교회 성당인 알렉산더 네브스키 대성당. 가톨릭과 다른 교회 양식을 볼 수 있었다. 굉장히 다르다. 처음에 뿌리는 같았는데, 로마가 동로마와 서로마로 쪼개지면서 동로마 쪽이 더 옛날 전통을 따라 정교가 되었다.

에스토니아에서 가장 오래된 성당인 성모 마리아 성당.

내가 만난
에스토니아

에스토니아가 일으킨 기적은 무척 놀랍다. 독립 직후의 에스토니아가 처한 상황에서는 희망을 걸 만한 무언가를 쉽게 찾을 수 없었기 때문이다. 어떻게 이렇게 극적인 변화를 짧은 시간 동안 이뤄낼 수 있었는지 궁금했다. 그리고 그 이야기를 직접 들어보고 싶었다. 그래서 지난 2018년 11월에 에스토니아를 찾아가 국가 최고정보책임자chief information officer, CIO 시임 시쿠트Siim Sikkut를 만났다.

1983년생으로 그를 만났을 당시 만 35세였던 시임 시쿠트는 경제통신부 소속으로 직위는 차관급이다. 경제통신부는 경제 분야와 통신 분야를 합쳐서 만든 부처인데, 우리나라로 치면 기획재정부와 과학기술정보통신부를 합친 것과 비슷하다. 에스토니아의 경제 중심이 곧 IT이기에 효율적인 선택이 아닌가 한다. 또 하나 인상적인 것은 CIO라는 그의 직책이었다. 일반적으로 CIO는 대기업의 IT와 컴퓨터 시스템 책임자를 말한다. 국가 차원에서 이러한 직책을 만든 것, 게다가 젊은 리더를 중용한 것은 그저 놀랍고 한편으로 부러운 일이었다.

에스토니아는 독립했을 때부터 이미 미래 세대로의 전환이 이뤄졌다. 앞서 말한 에스토니아의 첫 총리였던 마르트 라르는 취임 당시 32세였고, 현 대통령인 케르스티 칼리울라이드Kersti Kaljulaid는 1969년생으로 40대의 나이에 에스토니아 역사상 최연소 대통령이자 최초의 여성 대통령이라는 타이틀을 얻었다. 시임 시쿠트 차관이 30대의 나이에 에스토니아를 전자 정부 강국으로 이끄는 상황은 조금도 이상할 게 없다.

에스토니아 CIO 시임 시쿠트

시임 시쿠트 차관의 첫 인상은 정부 관료가 아닌 젊고 스마트한, 실리콘밸리의 전문가를 만난 느낌이었다. 그와 이야기하면서 내 느낌이 틀리지 않았음을 알 수 있었다. 사실

블록체인 시스템을 국가 차원의 공공 부문에 전격 도입한 것은 누구도 시도해보지 않은 위험이 큰 도전이었다. 이에 대해 시쿠트 차관은, "새로운 기술을 국가 차원에서 도입하는 것은 위험하기도 하고 실패할 가능성도 있다는 것은 사실이다. 그러나 치열한 국가 간 경쟁 속에서 작은 에스토니아가 살아남을 수 있는 유일한 방법은 남들이 하지 않은 분야에 계속 도전하는 것밖에 없다"라고 말했다. 또한 만약 실패하더라도 이 과정에서 무언가를 배운다면 값진 일이며 언제든 다시 도전할 것이라고 덧붙였다.

정부에서 시쿠트 차관에게 함께 일하자고 처음 제안했을 때, 그는 국민 모두를 위한 일이라는 생각으로 기꺼이 발 벗고 나섰다고 한다. "혼자서 돈 많이 벌고 편하게 사는 것이 무슨 의미가 있는가? 나의 발전이 나라의 발전이 되고, 나라의 발전이 우리 모두의 발전이 되어야 한다. 그게 공동체가 아니겠는가?"라는 대답에서 퍼블릭 서비스Public Service의 마음가짐을 제대로 갖춘, 훌륭한 공직자의 태도가 느껴졌다.

시쿠트 차관처럼 능력 있는 사람을 기용하고 중요한 일에 대한 권한과 책임을 부여한 정부도 훌륭하다. 실패했더라도 그 과정에서 도덕적 문제가 없고 최선을 다했다면 책임을 묻지 않는 시스템 역시 꼭 필요하다. 새로운 시도를 해서 열 번 성공했더라도 한 번 실패했다고 책임을 묻는다면, 현상 유지나 하지 누가 새로운 도전을 하겠는가?

이후에도 나는 시쿠트 차관과 이메일을 주고받았고 소셜미디어를 통해 그의 소식도 전해듣는다. 에스토니아의 미래를 위해 열정적으로 일하는 그의 모습을 보며 나 역시 긍정적인 자극을 받는다. 2018년에 그를 만났을 때 인공지능Artificial Intelligence, AI에 대한 전략을 수립하고 있다고 들었는데, 2019년 5월에 '에스토니아 국가 AI 전략'을 수립해 시행하고 있다는 발표를 접했다. 반년 만에 의미 있는 진전을 이룬 모양이다.

최근 발표에 따르면, 에스토니아의 AI 전략은 네 가지 영역으로 나뉘어 있다. 첫째는 공공 영역에서 AI를 잘 활용하는 것, 둘째는 AI로 민간 영역에 도움을 주는 것, 셋째는 기술 개발에 필요한 인력을 키우는 것, 넷째는 법이 AI 활용에 걸림돌이 되지 않게 하는 법률적인 지원이다. 국가와 국민에게 실질적으로 도움이 되는 방향을 정하고, 발표를 위한 발표가 아니라 실제로 이를 실행하는 데 속도를 내고 있다.

에스토니아가 정부 차원에서 내놓은 첫 번째 AI 관련 서비스는 '텍스트 분석 툴'로, 어떤 문서든 AI가 자동으로 분석해주는 기본 소프트웨어다. 이 프로그램은 무료로 제공되며 정부 각 부처에 도입되어 활용되고 있다. 이를 통해 교

에스토니아에서 만난 최고정보관리책임자 시임 시쿠트 차관.

육부에서는 승인되지 않은 문서의 무단 유출 여부를 실시간 감시하고, 법무부에서는 판결문에서 개인 정보를 자동으로 지운 후 전 국민이 볼 수 있도록 공유하는 판결문 자동 검색 서비스에 이 툴을 도입했다. 에스토니아는 2020년 말까지 AI를 활용한 국가 서비스 차원의 소프트웨어를 일곱 개 정도 내놓을 예정이라고 한다. 실제 개발은 정부가 직접 하기보다 민간 기업에 맡겼다. 에스토니아 내에서는 무료로 공급하지만 수출할 때 수익을 창출하는 모델이라고 한다. 정부에서 하는 일인데도 효율적인 방식으로 짧은 시간 안에 의미 있는 결과를 내놓는 모습에 자극을 받지 않을 수 없었다.

e-에스토니아 전시장

다음으로 찾은 곳은 e-에스토니아 전시장이었다. 이곳은 다른 나라보다 앞서가는 에스토니아의 전자 정부 현황을 알리고, 벤처 기업과 다양한 제품을 소개하는 공간이다. 다른 나라와의 협력 및 투자 현황에 대한 자세한 설명도 직접 들을 수 있었는데, 그중 가장 인상적인 것은 2015년 세계 최초로 도입된 전자 시민권E-Residency 제도였다.

e-에스토니아 전시장은 에스토니아 관련 제품을 전시해놓은 곳으로, 주변에 많은 스타트업이 모여 있기도 하다.

e-에스토니아 전시장에서 담당자의 설명을 들으며 제품을 직접 보고 시연해볼 수 있었다.

전자시민권 제도 덕분에 다양한 나라의 창업자들이 에스토니아를 찾고 있다고 한다. 이미 서울에도 에스토니아 전자시민권 발급 센터가 있다. 약 15만 원의 비용으로 30분 만에 에스토니아 시민이 되는 대한민국 국민이 생겨나고 있는 것이다. 디지털 ID 카드 형태의 에스토니아 전자시민권을 만들면 에스토니아 정부의 e서비스 혜택을 받을 수 있고, 온라인을 통해 에스토니아에 법인을 설립할 수 있다. 그 결과 에스토니아의 IT 분야는 GDP의 7퍼센트를, 수출의 14.2퍼센트를 책임지는 핵심 산업으로 성장했다.

에스토니아에서 첫손에 꼽는 벤처 기업의 성공 사례는 바로 '스카이프'다. 스카이프를 만든 핵심 프로그래머들은 모두 에스토니아 출신이다. 스카이프는 큰 성공을 거둔 뒤 이베이를 거쳐 마이크로소프트에 인수되었는데 지금도 대부분의 개발팀은 에스토니아에 있다. 보안 솔루션 기업 '가드타임', 농업 정보 통합 관리 서비스 기업 '바이털필즈', 모바일 송금 핀테크 기업 '트랜스퍼와이즈' 등도 에스토니아의 대표적인 벤처 기업이다.

또 하나 인상적이었던 것은 새로운 기술을 제도와 법률로 뒷받침하는 태도였다. 법과 제도가 과학과 기술의 빠른 발전을 반영하지 못하고 오히려 장애가 되는 경우가 많아지고 있다. 이는 전 세계적인 현상이며, 이를 얼마나 잘 해결하느냐가 미래의 국가경쟁력을 좌우할 것이다. 에스토니아는 이러한 상황을 일찍부터 인식하고 적극 대처하고 있었다. 법과 제도를 만들거나 고칠 때 가장 중요한 기준 중의 하나가 '새로운 시도와 도전을 촉진할 수 있는가', '기업가정신을 고취할 수 있는가'라고 한다. 에스토니아의 꾸준한 발전이 기대되는 지점이 아닐 수 없다.

가드타임과 사이버네티카

에스토니아 전자 정부의 실무자들을 만난 뒤에는 민간 기업인 가드타임Guard Time을 찾았다. 가드타임은 블록체인 및 암호화 기술 관련 대표적 보안 기업이다. 가드타임 내부로 올라가는 계단에는 웬 사진들이 빽빽이 걸려 있었는데 자세히 보니 전 세계의 유명한 과학자와 기술자를 기념하는 일종의 전시물이었다. 잘 알려진 과학자 토머스 에디슨부터 암호학자이자 컴퓨터 과학자 앨런 튜링까지 국적과 시대를 초월해 가드타임의 임직원에게 영감과 자극을 주는 과학기술자의 사진을 보면서, IT에 집중하는 에스토니아의 국가 비전이 민간 기업과 그 궤를 같이한다는 사실을 실감할 수 있었다.

회사 임원으로부터 가드타임에 대해 한 시간에 걸쳐 열정적인 설명을 들었다. 2007년에 설립된 이 회사는 에스토니아 정부가 개척해온 디지털 ID 분야 및 블록체인 인프라를 담당하고 있다. 정부는 국가가 나아갈 큰 방향에 집중하고, 민간 기업은 사업을 통해 이를 구현하는 역할 분담이 잘 이뤄진 것이다. 또한 에스토니아에서 거둔 실적을 바탕으로 해외 진출에도 박차를 가하고 있는데 미국 국방부와 손잡고 큰 프로젝트를 진행하고 있으며, 영국과 네덜란드, 싱가포르 등 전 세계로 뻗어나가고 있다고 한다.

에스토니아의 많은 공공 서비스를 온라인에서 이용할 수 있도록 만든 '사이버네티카'에서도 앞서가는 시스템을 접할 수 있었다. 1997년에 설립된 사이버네티카는 e-에스토니아, 인터넷 투표 시스템 등을 만든 회사다. 국가에서 민간 기업의 기술을 적극 활용하는 것이 놀랍고, 국가 시스템으로 이를 구현하면서 기술 검증을 거친 기업들이 이 실적을 토대로 다른 나라에 제값을 받고 진출하는 윈윈 전략도 인상적이었다.

(위) 블록체인으로는 최고의 기술을 가지고 있는 가드타임에서 임원의 설명을 들었다. (아래) 가드타임 건물 계단에는 전 세계 과학과 IT 분야에 지대한 영향을 끼친 과학자와 기술자의 사진을 빼곡하게 전시해놓았다. 내가 가리키고 있는, 군복을 입은 사진의 주인공은 미국의 유명한 프로그래머이자 해군 제독인 '그레이스 호퍼'다.

에스토니아에서
배운 것들

　나는 에스토니아로부터, 에스토니아를 이끌고 있는 리더들로부터 배운다. 그곳에서 내가 만난 사람들은 자신들이 시행착오를 겪으며 발전시킨 정책과 비전을 기꺼이 공유함으로써 다른 나라에도 도움이 되기를 한결같이 바랐다. 아주 작은 나라임에도 불구하고, 여러 나라가 에스토니아의 앞서가는 기술과 경험, 노하우를 배우러 다녀가는 데는 이러한 이유가 있었던 것이다.

　물론 작은 나라 에스토니아에서 시행하는 정책을 과연 우리나라에 효과적으로 적용할 수 있을지 의문이 들 수도 있다. 또 어떤 점에서는 우리가 에스토니아보다 더 앞서가는 부분도 있다. 그러나 나는 에스토니아를 직접 찾아가 변화의 현장을 살펴보고 그들의 이야기를 들으면서 우리의 미래에 반드시 필요한 비전을 깨달았다. 다음의 다섯 가지 생각은 우리 시대에 중요한 화두가 될 수 있을 것이다.

미래를 고민하지 않는 나라는 미래가 없다

독립한 지 30년도 안 된 에스토니아가 새롭게 떠오르는 강소국으로 자리매김하기까지 가장 큰 역할을 한 것은 바로 정부와 국민이 함께 공유한 '미래 비전'이었다. 가진 게 아무것도 없던 에스토니아는 IT만이 살 길이라는 비전을 세우고 국가의 모든 역량을 투입했다. 교육도 IT에 집중했고, 해당 분야의 인재 양성에 힘을 쏟았다. 국민 역시 그 방향에 맞게 나라의 정책을 잘 이해하고 따라주었다. 정부가 주도하는 가운데 다른 나라에서 이제껏 시도하지 않았던 새로운 도전을 통해 국가가 나아갈 길을 스스로 만들어갔다. 끊임없이 연구하고 시도하고, 실패에서 교훈을 얻으며 앞으로 나아갔다. 그 결과 지금과 같이 모두가 인정하는 나라가 된 것이다.

우리나라에도 미래 비전을 공유하던 때가 있었다. 수출 주도 산업화를 통해 함께 잘살 수 있다는 생각으로 모두가 미래에 대한 희망을 가지고 열심히 노력했으며, 그 결과 어느 나라보다 빠른 시간 내에 '한강의 기적'을 이뤘다.

그러나 지금은 어떤가? 지금 우리에게는 그 어떤 미래 비전도 떠오르지 않는다. 이미 다른 나라에서 일어나고 있는 수많은 변화, 가까운 미래에 우리에게도 다가올 이러한 변화에 대해서 모르거나 관심이 없다. 그리고 그 변화에 대처하기 위한 수많은 선택의 길에 대해서도 고민하지 않고 있다. 모르고 고민하지 않으니 우리 모두가 공유할 미래 비전도 없다. 미래 담론이 없는 나라는 미래가 없다. 즉 미래를 고민하지 않는 나라는 미래가 없다. 국민들이 미래에 대해서 희망을 가지지 못하는 이유다.

의사 결정권자들이 정확히 알지도 못하면서 잘 안다고 생각하는 것이 사태를 더 악화시킨다. 예전의 일이지만 대학 교수 시절에 한 기관에 강연을 간 적이 있었다. 나중에 알고 보니 기관장은 인터넷 전도사라고 알려진 분이었다. 강연 전 티타임 때 자연스럽게 인터넷 관련한 이야기가 화제에 올랐다. 그런데 이야기를 나눈 지 얼마 되지 않아 대화가 겉돌기 시작했다. 이분이 용어는 알지만 그 뜻은 정확하게 이해하지 못한다는 것을 깨닫는 데는 오래 걸리지 않았다. 문제는 본인이 용어를 들어봤다는 것만으로 그 분야를 잘 안다고 잘못 생각하는 데 있었다. 책 이름만 들어보고 실제로 읽지도 않았는데 그 책을 안다고 착각하는 것과 같다. 옛 속담에 '반풍수 집안 망친다'는 말이 있다. 자신이 모른다는 것을 알면 전문가에게 맡길 텐데, 안다고 착각하면 잘못된 의사결정으로 이어지는 것이 큰 문제다. 조직의 규모가 클수록 잘못된 의사결정으로 인한 손해는 엄청 커지게 마련이다. 국가 단위의 잘못된 의사결정의 폐해는 더 말할 나위가 없다.

에스토니아뿐만이 아니라 내가 독일에 살면서 방문했던 유럽의 거의 모든 나라에서는 미래에 대해 치열하게 고민하고, 다른 나라보다 조금이라도 앞서 나가기 위해 노력하고 있었다. 정부를 비롯해 전문가, 일반 시민의 주 관심사도 앞으로 다가올 미래와 그 변화였다.

반면 우리나라에서는 희망이라는 말을 들어본 지 오래되었다. '아무리 노력해도 앞으로 잘살 수 있을 것 같지가 않다', '수명이 길어진 게 두렵다', '할 수 있는 일이 없다'는 말들이 무성하다. 이것은 개인이 해결할 수 있는 문제가 아니다. 이렇게 된 데는 여러 가지 이유가 있겠지만, 우리는 앞으로 어떤 나라에서 살고 싶다, 앞으로 어떤 나라를 만들고 싶다는 미래 비전이 없는 것이 가장 근본적인 이유 중 하나일 것이다. 국가와 사회가 향하는 미래에 대한 전망이 있어야 각자 자신의 꿈을 그 방향에 맞춰 설정할 수 있기 때문이다. 앞으로 나아갈 방향이 분명하고, 노력하는 만큼 잘될 수 있는 사회 시스템이 자리 잡아야 한다. 바로 이것이 국민 각자가 희망을 가질 수 있는 최소한의 조건이다. 그래야 '내가 죽은 후에도 우리 아이들이 이 나라에서 행복하게 살 수 있겠구나'라는 희망을 가질 수 있을 것이다.

우리도 이제는 이 문제를 정확하게 인식하고 깨달아야 한다. 그리고 다시 예전처럼 모두가 공유할 수 있는 미래 비전을 만들고 힘을 모아 앞으로 나아가야 한다. 이 일이 더는 미뤄지거나 늦춰져서는 안 된다. 이것만큼 중요한 일은 없기 때문이다.

축적이 가능한 사회를 만들어야 한다

계속 승승장구한 것처럼 보이는 에스토니아도 여러 차례 위기를 맞았다. 실제로 지난 2007년 4월 27일에 세계 최초의 사이버 전쟁이 일어났다. 국가의 기능이 3주 동안 멈춰버리는 수준의 사이버 해킹이었다. 에스토니아에서 반反러시아 성향의 정당이 집권하자 러시아의 해커들이 100만 대 이상의 컴퓨터를 동원해 에스토니아의 컴퓨터 8만여 대를 악성 코드에 감염시킨 것이다. 러시아 영토

내 IP 주소가 확인되었지만 끝내 러시아 정보기관이 배후라는 사실을 입증하지는 못했다. 2017년 말에도 e-ID 보안 노출 사건으로 또 한 번의 위기가 일어났다. 잠깐의 방심과 부주의로도 비상사태가 벌어지고 국가가 무너질 수 있는 시대가 된 것이다.

이러한 위기 속에서도 에스토니아는 머뭇거리지 않았다. 에스토니아는 기술적 오류를 두려워하기보다 실패하더라도 이를 통해 배움의 경험을 쌓는 '축적'의 시간이 결국 성공으로 이어지리라 믿었다. 서울대 공대 교수 스물여섯 명이 함께 지은 『축적의 시간』이란 책에서 축적의 개념이 아주 잘 설명되어 있다. 우리나라가 더 발전하기 위해서는 더이상 남들을 따라 할 게 아니라 스스로 새로운 것을 만들어야 하는 단계에 접어들었다. 그런데 새로운 것을 만들고 새로운 개념을 설계하는 데 필요한 역량은 교과서나 논문으로 배울 수 있는 게 아니다. 다양한 시도를 통해 성공과 실패의 경험이 축적되어야 생긴다는 것이다. 즉 축적이란 '오랜 시간의 시행착오를 거치면서, 도전과 실패를 거듭하면서 만들어지는 창조적 역량'을 말한다. 직접 새로운 것을 만들려고 시도해야만 결국에는 새로운 것을 만들 수 있다는 것이다. 에스토니아는 이러한 축적의 시간을 적극 활용했다. 실패를 두려워하는 대신, 실패를 통해 경험을 쌓아 결국 남들보다 앞선 기술경쟁력을 갖춘 선진국이 된 것이다.

나는 이러한 에스토니아의 실패 극복 과정을 보면서 미국의 실리콘밸리를 떠올렸다. 흔히 사람들은 실리콘밸리의 성공 스토리를 접하고는 '실리콘밸리 = 성공의 요람'이라고 생각한다. 이것은 잘못된 생각이다. 실리콘밸리의 핵심은 성공의 요람이 아닌 '실패의 요람'이다. 실패해도 과정에 도덕적인 문제가 없고 최선을 다했다면 다시 도전할 수 있는 기회를 준다. 우리나라에서는 한 번 실패한 기업가는 패배자로 낙인찍지만, 실리콘밸리에서는 같은 실패를 반복하지 않을 값진 교훈을 얻었기 때문에 처음 창업하는 사람보다 성공 확률이 더 높은 사람으로 보는 것이다. 두세 번 실패하더라도 결국 성공함으로써 그전에 손해를 본 것보다 훨씬 더 큰 성과를 거두게 되면 사회 전체로도 이익이 된다. 다르게 표현하자면, 개인의 실패 경험을 사회적 자산으로 만드는 것이다. 이것이 실리콘밸리의 성공 요인이다.

작은 나라 에스토니아는 아무도 시도해보지 않은 일들을 치밀하게 기획하고 과감하게 실행했다. 어쩌면 실패를 두려워할 만큼 여유롭지 못한 상황이 이점으로 작용했는지 모른다. 도전할 수 있는 용기는 더 잘사는 나라를 만들어야 한다는 절실함에서 나왔을 것이다. 실패의 가능성을 염두에 두면서도 두려워하지 않고 재빨리 실수를 찾아내 수정 및 보완을 거듭해온 것이 지금의 에스토니아를 만든 비결이 아닌가 싶다.

에스토니아는 가치 있는 축적의 시간과 경험들을 쌓아 현재는 NATO의 디지털 보안까지 맡고 있다. 내가 벨기에의 수도 브뤼셀에 있는 NATO 본부를 방문했을 때 해당 관계자는 "NATO의 사이버 보안은 에스토니아가 전적으로 맡고 있다"면서 자신감 있게 말하고 신뢰감을 보였다.

이에 비하면 과연 우리는 축적의 시간을 쌓고 있는 것일까? 정부에서도, 대학에서도, 산업 현장에서도 결과만 평가하고 실패하면 불이익을 주는 문화가 이미 뿌리 깊게 자리잡고 있다. 예전에 다른 나라에서 이미 한 것을 따라 할 때는 어쩔 수 없었던 측면도 있었다. 그러나 이제 남이 해보지 않은 새로운 도전을 해야 하는 시대에 이러한 문화는 오히려 우리의 발목을 잡고 있다. 실패하면 불이익을 받는 상황에서 누가 남이 안 해본 새로운 시도를 하겠는가? 성공 확률이 높은 일만 하다 보니 정부에서도 국민을 위해 새로운 시도를 해보려는 공무원이 없고, 대학에서도 노벨상을 받을 만한 새로운 연구 과제를 선정하지 않고, 산업 현장에서도 새로운 분야에 진출하지 않는 것이다. 우리나라가 다시 도약하기 위해서는 사회 전반에 걸쳐 '축적'의 문화를 만들어가야만 한다고 나는 믿는다.

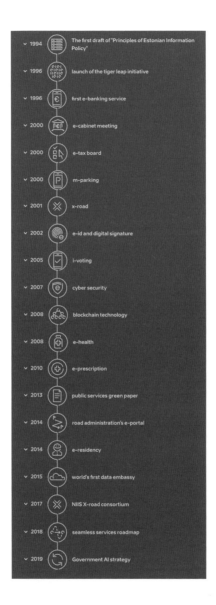

1994	The first draft of "Principles of Estonian Information Policy"
1996	launch of the tiger leap initiative
1996	first e-banking service
2000	e-cabinet meeting
2000	e-tax board
2000	m-parking
2001	x-road
2002	e-id and digital signature
2005	i-voting
2007	cyber security
2008	blockchain technology
2008	e-health
2010	e-prescription
2013	public services green paper
2014	road administration's e-portal
2014	e-residency
2015	world's first data embassy
2017	NIIS X-road consortium
2018	seamless services roadmap
2019	Government AI strategy

e-에스토니아에서는 에스토니아가 지금까지 거의 매해 새로운 것들을 시도하며 노력했던 역사를 정리해놓았다.

에스토니아는 독립 후부터 '투명한 나라 만들기'에 전력을 기울였다. EU 가입을 중요한 국가 의제의 하나로 삼았으며 가입 조건을 지키기 위해 국가 차원에서의 행정적·통계적 조작을 하지 않았다. 또한 정권이 바뀌더라도 정부 운영의 방향이 바뀌지 않도록 하기 위해 정부 운영의 투명성을 강조하고 또 강조했다.

어느 나라든지 기존 시스템을 대신할 새로운 제도에 처음부터 전적으로 수긍하는 국민은 많지 않을 것이다. 아무리 새로운 방식이 더 좋다 하더라도 모든 변화에는 불편과 혼란이 따르기 때문에 처음부터 적극적으로 수용하기가 쉽지 않은 게 현실이다. 하지만 에스토니아 국민은 정부가 투명하게 운영되는 모습을 보고 믿고 따랐다고 한다. 투명한 나라는 국민을 설득하는 힘은 물론이고 사회를 통합할 수 있는 힘을 갖고 있는 것이다.

에스토니아의 투명함을 더 강화한 것은 '블록체인' 기술이었다. 블록체인은 일종의 장부다. 그런데 그 장부가 정부가 관리하는 한 장소에 모여 있는 것이 아니라 모든 사람의 컴퓨터에 분산되어 보관된다. 어떤 거래가 이뤄지는지 거래 내역을 모든 사람들이 투명하게 볼 수 있으며 관련 기록은 변조될 수 없다. 장부가 보관된 모든 컴퓨터를 동시에 바꾸는 것은 불가능하기 때문이다. 결국 블록체인 기술은 정부의 투명성을 증명할 수 있는 아주 좋은 인프라가 된다. 실제로 EU는 '블록체인 연대'다. 2018년 'EU 블록체인 포럼'이란 기구가 출범했고, 이 기구를 중심으로 세계 블록체인 시장과 이슈를 이끌고 있다. 블록체인 스타트업의 25퍼센트가 유럽 국가를 기반으로 한다.

에스토니아에서 성공적으로 안착한 이 훌륭한 블록체인 기술을 어째서 다른 나라에서는 도입하지 않는 것일까. 좋다는 것은 알지만 굳이 지금 당장 시도하려 하지 않는다고 한다. 불투명한 부분들이 드러나는 것을 꺼릴수록 그러한 경향이 많다고 한다. 숨길 것이 많을수록 블록체인 도입을 꺼린다는 뜻이다.

우리나라가 에스토니아로부터 특히 참고해야 할 점은 바로 이 같은 투명성이다. 정부가 무조건 국민에게 믿어달라고 해서는 안 된다. 정부 운영의 투명성을 입증해야 국민들이 정부를 믿고 신뢰할 수 있다. 그래야 정부에서 새로운 정책을 시도할 때도 국민들의 진정한 동의를 얻을 수 있다.

세금을 예로 들어보자. 세금을 더 내고 싶어 하는 사람은 없다. 그런데 그 이유가 단순히 돈이 아까워서만은 아니다. 내가 낸 세금이 정직하고 효율적으로 쓰이고 있다는 믿음이 없기 때문이다. 공직자들의 외유성 출장 관련 뉴스나 결식아동 급식비를 담당 공무원이 횡령했다는 보도를 접할 때마다 '세금 = 불투명한 예산 집행 = 눈먼 돈'이라는 공식이 강화된다. 이러한 공식은 결국 나라에서 시행하는 새로운 변화들에 무조건 거부감부터 들게 만드는 원인이 된다. 내가 피땀 흘려 번 돈이 엉뚱한 사람들의 배를 불리는 데 쓰인다고 생각하면 누가 돈을 내려 하겠는가? 먼저 정부 운영이 투명해야 국민에게 신뢰를 받을 수 있고 정책 변경에 대한 동의도 쉽게 구할 수 있는 것이다.

범위를 더 넓혀보면 우리 사회의 가장 큰 문제 중 하나가 서로를 믿지 못한다는 것이다. 한마디로 '불신 사회'다. 서로를 믿지 못하다 보니 모르는 사람과 쉽게 거래하지 못한다. 거래를 하는 과정에도 시간과 비용이 추가로 든다. 사회 전체적으로 거래 비용이 높아서 국가적인 손해가 막심할뿐더러 결국 서민들의 생활비까지 올리게 된다.

이 심각한 상황을 더욱 악화시키는 요인이 있다. 바로 OECD 국가 중 한국에서 유난히 많은 '사기' 범죄다. 다른 강력 범죄들은 평균보다 적은 편인데 유독 사기 범죄가 다른 나라보다 몇 배나 많은 것이다.

김웅 검사의 책 『검사내전』 첫머리부터 나오는 말은 '사기 공화국'이다. 범죄자 입장에서 사기는 남는 장사다. 사기

꾼은 사기를 칠 때 잡힐 확률이 얼마나 높은가, 만약 잡힐 경우 얼마나 손해를 보는가를 따진다고 한다. 잡힐 확률이 낮고, 잡히더라도 수익에 비해 약한 처벌만 받는 상황에서는 일단 저지르고 본다는 것이다. 한 해 24만 건, 즉 2분마다 한 건씩 사기 사건이 일어나고 그 피해 금액도 매해 3조 원이 넘는다고 김웅 검사는 말한다. 한번 사기를 당한 사람이 사회생활을 하면서 누구를 또 믿을 수 있겠는가? 그러니 누군가를 믿는 일이, 나아가 우리 사회와 국가를 신뢰하는 일이 점점 더 어려워진다.

이러한 일을 줄이려면 범죄자의 심리를 먼저 따져보면 된다. 즉 잡힐 확률을 높이거나 잡혔을 때 엄청나게 큰 손해를 보게 해야 한다. 그런데 잡힐 확률을 높이려면 감시하는 공무원이나 경찰관의 수를 지금보다 획기적으로 늘려야 하는데 국가 재정도 부족하고, 재정을 늘린다 해도 범죄 기법이 갈수록 발달하기 때문에 대처하기 어렵다. 따라서 현재로서 유일한 대안은 한번 잡히면 무거운 처벌을 내리는 것이다. 피해자의 손해에 이자는 물론 형벌적 금액까지 얹어 배상하도록 하는 것이다. 한마디로 '일벌백계'다. 이를 법률적 용어로 '징벌적 손해배상punitive damage'이라 한다. 아직은 극히 일부 분야에만 도입되어 있는데 사기 범죄, 특히 금융 범죄 처벌에 도입되어야 한다. 그래야만 다른 나라에 비해 비정상적으로 많은 사기 범죄를 최소한 다른 나라 수준으로 줄일 수 있을 것이다.

다시 원래 이야기로 돌아가서, 나는 우리 정부가 먼저 모범적으로 투명성을 높이는 데 주력하기를 진심으로 바란다. 현재 한국의 국가 부채 증가 속도는 OECD 국가 중 네 번째다. 돈이 들어오는 길이 안 보이는 상황에서 상당한 예산이 필요한 정책이 발표될 때마다 국민은 그 예산이 제대로 쓰일지 의심할 수밖에 없다.

가장 우선적으로 실천할 수 있는 방법은 공무원이 국가 예산에서 한 푼의 돈도 허투루 쓰지 않아야 하고 이것을 모두 공개하는 것이다. 투명하게 공개해야 쓸데없는 의심을 받지 않는다. 사람들의 불신이 합리적 의심으로 번지기 전에 수습해야 한다. 국회도 내년 예산에만 신경을 기울이지 말고 올해 쓴 돈에 대한 결산에 더 많은 시간을 투입해야 한다. 그런데 실제로 결산은 요식 행위인 양 며칠 만에 해치우고 예산 때문에 국회가 마비될 정도로 오랫동안 극렬하게 싸운다. 나는 벤처 기업 CEO로 회사를 경영하고, 대학원 원장으로 교육 기관을 운영하다가 국회의원이 되어 국회에서 예결산 처리를 하는 모습을 보고 큰 문화 충격을 받았다. 국회 밖 현실 사회에서는 결산이 훨씬 중요하다. 예산을 계획대로 효율적으로 썼는지, 결과는 어떠했는지 점검해야 무엇이 잘못되었는지 알 수 있고 내년 예산을 짤 때 그 교훈을 반영해 더 좋은 계획을 세울 수 있기 때문이다. 바둑 실력을 늘리려면 무조건 바둑을 두기보다 복기를 해야 하는 것과 같은 이치다. 국가 예산도 다르지 않다.

당장 실시할 수 있는 방법 중 하나는 국회의원실 보좌관 아홉 명 중 한 명을 공인회계사로 의무 채용하고 상시 회계 검사 임무를 맡기는 것이다. 국회의원의 소속 상임위에 해당하는 정부 부처의 회계를 상시 검사, 감독하게 되면 정부의 투명성도 높아져 국민의 신뢰를 회복할 수 있고 적어도 수십 조 원의 예산을 절감하는 효과를 거둘 수 있을 것이다.

에스토니아는 블록체인 기술을 도입해 투명한 국가 경영을 직접 보여주었다. 국민의 신뢰는 두텁게 쌓였고, 다른 나라의 국민도 에스토니아를 믿고 전자시민권을 발급받기에 이르렀다. 여러 나라에 휘둘리던 작은 나라는 이제 전 세계의 신뢰를 얻으며 하루가 다르게 발전하고 있다. 바로 '신뢰'의 힘이 무한한 가능성을 만들 수 있는 핵심이었던 것이다.

우리에게도 아직 시간이 있다. 에스토니아처럼 참고할 만한 사례도 얼마든지 있다. 이러한 기회를 흘려버리지만 않으면 된다. 우리 후손은 적어도 우리보다 못한 시대를 살아서는 안 된다. 방법은 하나다. 정부에 대한 국민의 신뢰를 높이는 것이다. 투명한 국가 경영을 보여줄 수 있다면 그것이 시작이다. 정부부터 투명해야 신뢰가 쌓이고, 그러한 신뢰가 사회 전체에 퍼져나갈 수 있을 것이다.

정부는 정부의 일을 하고 민간은 민간의 일을 해야 한다

앞서 에스토니아의 '국가 AI 전략'에 대해 말하면서 이번에 발표한 AI 관련 서비스 툴은 에스토니아 내에서는 무료로 쓸 수 있게 했다는 이야기를 했다. 여기에서 주목할 점은 이러한 국가 서비스를 정부가 직접 만들지 않고, 민간 기업에 맡긴다는 것이다. 정부는 방향을 정하고 민간 기업은 그 일을 하는 제품을 만든다. 그리고 검증된 성과를 바탕으로 외국에 제값을 받고 수출한다. 블록체인 인프라를 만든 가드타임이 그랬고, e-에스토니아 서비스를 만든 사이버네티카의 경우도 그랬다. 정부와 민간의 업무 분담이 잘 이루어진 것이다.

하지만 한국에서는 그렇지 않은 경우들을 볼 수 있다. 예전에 벤처 기업 CEO를 하고 있을 때, 정부 산하 기관에서 이미 스타트업에서 하고 있는 일을 직접 하겠다고 나선 경우를 몇 번 목격했다. 할 일에 대한 아이디어가 없다 보니, 스타트업의 아이디어를 빼앗아서 실적을 내려 한 것이다.

힘없는 스타트업은 사업을 접을 수밖에 없다.

　최근 정부에서 하고 있는 제로페이 사업도 마찬가지다. 결제 시스템은 시장의 중요한 기능 중 하나다. 시장에 이미 여러 형태의 결제 시스템이 있는 상황에서 정부에서 새로운 서비스를 만든 것이다. 이것은 여러 가지로 문제가 있다. 기본적으로 정부에서 해야 할 일은 시장에서 공정하게 경쟁할 수 있는 환경과 제도를 만들고, 이를 어기는 일은 없는지 면밀히 감시하고, 필요한 경우에 공익을 위한 방향으로 인센티브를 주고 유도하는 일이다. 그러나 시장에서의 직접적인 활동은 민간에 맡겨야 한다. 즉 민간 기업이 만든 여러 형태의 결제 시스템 중 정책 목적에 부합하는 것이 있다면 그쪽으로 유도하고, 기업들도 서로 치열하게 경쟁하게 함으로써 소비자에게 도움이 될 수 있도록 만들어야 한다. 정부에서 전면에 나서서 이 일을 직접 하겠다고 하는 것은 바람직하지 않고 잘하기도 힘들다.

　더 근본적인 문제는 결제 시스템은 나라마다 상황이 달라 다른 나라의 성공 사례를 그대로 적용할 수 없다는 것이다. 추정하건대, 정부는 중국의 '위챗페이'를 모델로 삼은 것 같다. 그러나 중국과 우리나라는 상황이 다르다. 위챗이 위챗페이로 자연스럽게 넘어가며 성공할 수 있었던 이유는 낮은 신용카드 보급률 때문이었다. 신용카드는 없지만 스마트폰은 많이 사용하는 중국 사람들에게 모바일 간편 결제는 쉽게 다가갈 수 있는 최적의 수단이었다. 사용자가 많은 인프라가 활성화되는 것은 당연한 일이다. 그러나 우리나라는 신용카드 보급률이 세계 최고 수준이다. 사용자 입장에서 굳이 새로운 결제 시스템에 가입하고 사용 방법을 익힐 이유가 없다. 아무리 가맹점을 늘려도 소비자가 사용하지 않는다면 무슨 소용이 있겠는가? 자영업자를 도와줄 생각이라면 신용카드 수수료율을 더 낮추거나 일정 금액을 보조하는 것이 자영업자에게 빠르고 직접적인 도움이 될 것이다. 정리하자면, 정부는 정부의 일을 하고 민간은 민간의 일을 해야 한다.

전자 정부는 정부 개혁의 중요한 수단이다

에스토니아는 1997년에 전자 정부를 도입했고, 2000년에는 온라인 납세 시스템을 도입했다. 2001년에는 전자 정부 클라우드 시스템인 엑스로드X-ROAD(금융·보험·통신 등 개인의 모든 정보를 공공 데이터로 기록해 공유하는 시스템으로 전자 투표·의료 처방·세금 납부 등의 공공 서비스를 제공한다)를 시작했고, 2002년에는 온라인 주민등록번호인 '디지털 ID 카드'를 발급했으며, 2005년에는 온라인 투표 시스템 'i-Voting'을 실시하는 등 다양한 성과를 이뤄냈다. 그 과정에서 크고 작은 실패와 다양한 극복의 경험을 빠르게 습득했고, 이를 바탕으로 이제는 세계 최초의 블록체인 기반 국가가 되었다.

에스토니아는 독립 후 재정이 부족해서 돈이 많이 드는 대용량 중앙 서버 방식을 채택할 수 없었다. 그 대신 분산 서버 방식의 전자 정부를 선택했다. 그에 맞게 일하는 방식과 조직도 바꿨다. 방향을 잡자 속도가 붙었다. 그 덕분에 전 세계에서 가장 먼저 정부 서비스를 디지털화할 수 있었다. 지금으로부터 무려 20년 전인 2000년에는 전자 내각 e-Cabinet을 도입한 바 있다.

여기서 나는 '전자 정부'와 '전산화 정부'를 구별하고 싶다. '전산화 정부'는 현재의 정부 조직과 업무 프로세스는 그대로 두고 전산화하는 것을 말한다. 일하는 방식과 조직은 예전과 달라지지 않고 다만 컴퓨터를 이용해 도움을 받는 것이다. 진정한 '전자 정부'는 급변하는 환경에 맞춰 업무 프로세스를 재설계한 IT 시스템을 도입하고, 기존 조직과 업무를 이에 맞게 바꾸는 것이다. 즉 기존 정부를 바꾸어나가는 정부 혁신의 도구로 전자 정부를 쓰는 것이다.

기업에서도 유사한 예를 찾을 수 있다. 현재 우리나라 굴지의 대기업에 처음 전사적 자원 관리Enterprise Resource

Planning, ERP 시스템이 도입됐던 이야기를 한 임원으로부터 들은 적 있었다. 지금이야 대부분 기업에서 ERP 시스템을 이용하지만 처음 외국의 새로운 시스템이 도입됐을 때만 해도 기업 내 반발이 무척 심했다고 한다. 글로벌 수준의 업무 프로세스를 기준으로 만들어진 ERP 시스템이 기존 프로세스와 많이 달랐기 때문이다. 많은 사람이 기존 프로세스에 맞춰 ERP 시스템을 수정해달라고 요구했지만, 담당 임원은 이번 기회에 앞서가는 선진 프로세스를 배우고 개선할 수 있는 중요한 기회라고 설득하며 밀어붙였다는 것이다. 결국 ERP 시스템의 도입은 조직과 업무 프로세스를 혁신하는 계기가 되어 해당 기업이 글로벌 수준의 대기업으로 성장하는 데 필수적인 역할을 했다.

냉정하게 평가하자면 현재 우리나라 정부는 '전자 정부'보다 '전산화 정부'에 더 가깝다. 국민이 공공 서비스를 이용하기는 편리해졌지만 정부 조직이나 업무 프로세스가 혁신되었다고 보기는 어렵기 때문이다. 정부기관 간의 정보 공유도 여전히 잘되지 않고 있고, 정부의 투명성도 획기적으로 개선되었다고 보기 어렵다. 조직 개편, 정부 혁신으로 이어진 경우도 찾아보기 힘들다.

그러나 우리나라는 하고자 한다면 이러한 변화가 가능한 나라다. 처음부터 전체를 바꾸는 대대적인 변화를 시도

할 필요는 없다. 한 예로 블록체인을 도입하는 것도 작은 규모로 시작하거나 한 분야에서 시작해 시행착오를 거치면서 개선하고 점차 규모나 분야를 넓혀가는 방식이 적합할 것이다. 올바르게 방향을 잡고 처음에는 힘들더라도 '축적'의 가치를 믿고 나아간다면 우리는 다시 거듭날 수 있을 것이라고 확신한다.

지금까지 에스토니아를 방문하면서 고민했던 다섯 가지 화두에 대해 이야기했다. 이제는 우리 모두 미래에 대해서 함께 고민해야 하고, 실패를 두려워하지 않고 도전할 수 있는 축적이 가능한 사회를 만들어야 한다. 이를 위해 정부는 투명해야 하고, 민간과의 역할 분담이 분명해야 하며, 끊임없이 개혁해나가야 한다. 이들의 공통점은 우리가 나아갈 방향에 대한 고민과 연관돼 있다는 점이다. 한번은 서점에서 내 눈을 사로잡은 책 제목을 발견한 적이 있었다. 바로 "인생은 속도가 아니라 방향이다"라는 제목이었다. 살아가면서 얼마나 빨리 달려가는가가 중요한 것이 아니라, 올바른 방향으로 달려가는 것이 더 중요하다는 뜻이다. 국가도 마찬가지일 것이다. 무조건 관성대로, 하던 대로 계속 달려가는 게 아니라, 옛날과는 많은 것이 변한 지금 상황에서 우리는 어떤 방향으로 가야 하는지 함께 고민하고 결정해야 할 때다. 그래야 우리 모두가 다시 미래에 대한 희망을 품고 각자의 계획을 세울 수 있을 것이다. 그래서 나는 이렇게 말하고 싶다. "국가는 속도가 아니라 방향이다."

2부
행복한 국민이 좋은 나라를 만든다

스페인

#행복#공동체#가족#농업#관광#가우디#디사이드마드리드

공동체 속의 작은 행복이 모여
큰 행복이 되는 사회

내가 벤처 기업 CEO였을 때인 2000년 9월, 미국 스탠포드 대학에서 진행된 벤처 기업가 교육 과정에 참여한 적이 있었다. 그곳에서 『성공하는 기업들의 8가지 습관』의 공동 저자 중 한 명인 제리 포라스의 강의를 직접 들었다. 짐 콜린스와 함께 6년 이상의 시간을 들여 '불멸하는 성공 기업의 조건'이 무엇인지를 연구하고 조사한 그의 강의를 들으면서 나는 많은 것을 깨달을 수 있었다. 그의 주장은, '창업자가 죽고 CEO가 몇 번이고 바뀌어도 건재한 기업의 비밀'은 바로 구성원 모두가 동의하고 믿는 '핵심 가치'에 있다는 것이다.

나는 여기에서 한걸음 더 나아가길 원했다. 기업이 오래 살아남는 것은 결과이지 그 자체가 목표가 될 수는 없다고 생각했기 때문이다. 기업 구성원들이 모두 공통적으로 믿는 가치가 있고 시간이 흘러 구성원들이 바뀌더라도 계속 그 가치가 살아 있다면 그것은 그 기업의 '영혼'과 같다고 생각했다. 그 후 창업자로서 나의 목표는 '영혼이 있는 기업'을 만드는 것이 되었다. 전 직원 워크숍을 통해서 치열한 토론이 벌어졌다. 그 과정에서 나는 지시하거나 내 의견을 내지 않고, 직원들이 누구의 눈치도 보지 않고 자유롭게 자신의 의견을 주장할 수 있도록 하는 조력자의 역할을 맡았다. 각자가 생각하는 이상적인 가치가 아니라, 각자가 지난 몇 년간 회사 일을 하면서 어떤 가치를 가장 중요하게 생각했는지 의견을 모았다. 그리고 토론을 통해 모두가 동의하는 세 가지 핵심 가치가 탄생했다.

1. 각자는 자기 발전을 위해 끊임없이 노력한다.
2. 서로 상대방을 존중한다.
3. 고객과의 약속은 반드시 지킨다.

이것을 다른 사람들에게 보여주었을 때의 반응은 한결같았다. 3, 2, 1의 순으로 순서를 바꾸라는 것이다. 고객이 있어야 회사가 있고, 회사가 있어야 개인이 있으니 중요도 순서대로 바꾸는 것이 좋겠다는 것이다.

그러나 나는 그렇게 생각하지 않았다. 개인이 행복해야 회사가 잘되고 고객도 만족시킬 수 있다고 생각했다. 집안이 화목하면 모든 일이 잘 이루어진다는 '가화만사성家和萬事成'이라는 말이 괜히 있는 게 아니다. 아주 작은 단위부터 행복이 이뤄져야 내가 속한 사회, 더 크게는 나라 전체가 행복해질 수 있다. 그런 점에서 회사 구성원이 만족할 수 있어야 크고 작은 성취감도 느낄 수 있고, 지속적인 발전이 가능한 회사가 될 수 있다. 즐겁게 일하는 직원과 발전하는 회사의 서비스에 불만을 품을 고객은 없다고 생각했던 것이다. 이 일은 벌써 20년이나 지난 이야기다. 내 머릿속에는 예전부터 살기 좋은 나라가 되기 위해서는 행복한 국민이 먼저라고 하는 사고방식이 뿌리 깊게 박혀 있었다.

그러나 지금 우리나라는 반대 방향으로 가고 있다. 지난 2019년 11월 30일 경향신문은 '20대는 왜 번 아웃에 빠질까'라는 제목의 기사를 보도했다. 일을 하면 할수록 발전하는 게 아니라 업무량만 점점 증가해서 결국 탈진하는 20대 직장인이 너무 많다는 내용이었다. 인생에서 가장 발전하고 성취해야 할 것이 많은 나이에 벌써 탈진 상태에 빠진다면 행복과 멀어지는 것은 당연한 일이다.

우리나라가 못 살던 시절, 나라부터 부강하게 만들기 위해 많은 사람들이 노력했다. 모두들 열심히 앞만 보고 뛰어

갔다. 신호등이 빨간색으로 바뀌어도 무시하고 지나가기도 하고, 함께 가던 동료가 넘어져도 속도를 늦추지 않고 밟고 지나가던 시절도 있었다. '부강한 나라가 되면 국민이 행복해진다'는 논리에 따른 결과였다. 그 결과, 예전보다 잘사는 나라가 되었는지는 몰라도 지금도 그 논리가 지배하면서 국민의 행복은 점점 멀어지고 있다. 많은 주요 국가들에서 인생의 행복도를 조사한 결과를 보면 20대에서 높고, 30대와 40대로 갈수록 점점 낮아진다. 그러다 50대와 60대가 되면 다시 높아지는 전형적인 브이(V) 라인으로 나타난다. 일과 가정에 쏟아야 할 게 가장 많은 나이인 30~40대의 삶이 제일 힘겹게 느껴지다가, 나이가 들면서 평온하고 편안한 노후로 접어들기 때문이다. 그런데 우리나라의 행복도는 20대부터 30대, 40대, 50대, 60대가 될수록 점점 떨어지는 역 슬래시(\) 라인으로 나타난다. 나이가 들수록 더 행복과 멀어지는 국민들이 과연 희망찬 미래를 이야기할 수 있을까?

국가를 위해서 개인의 희생을 강요하던 시대는 지났다. '부강한 나라가 되면 국민이 행복해진다'라는 낡은 가치관을 버릴 때가 되었다. 나중의 행복을 위해 힘들지만 열심히 살아온 대가가 오히려 번 아웃과 불행으로 돌아오는 악순환을 더 이상 반복해서는 안 된다. 이제는 '부강한 나라가 행복한 국민을 만든다'가 아니라 '행복한 국민이 부강한 나라를 만든다'는 것이 상식으로 자리 잡아야 할 때이다.

장강명 작가의 소설 『한국이 싫어서』에는 한국에서의 불행한 삶 때문에 어떻게든 호주 영주권을 받고자 하는 20대 후반의 여성 직장인 이야기가 생생하게 담겨 있다. 아무리 생각해도 한국보다 호주가 더 행복할 것 같다는 주인공의 선택은, 소설이지만 결코 소설처럼 느껴지지 않는다며 수많은 독자들의 공감을 샀던 것으로 알고 있다.

연세대 사회발전연구소 염유식 교수팀이 발표해온 어린이·청소년 행복 지수 국제 비교 연구에 따르면, OECD 회원국 22개국 중에서 주관적 행복 지수가 가장 높은 나라는 스페인이다. 반면 우리나라의 어린이·청소년 행복 지수는 최하위권에 속한다. 조사 대상은 초등학교 4학년부터 고등학교 3학년 학생까지다. 또한 우리나라는 OECD '2018 더 나은 삶의 질 지수' 종합 순위에서 조사국 40개국 가운데 30위, 유엔이 발표한 '2019 세계 행복 보고서'에서도 156개국에서 54위다.

스페인은 어디를 가든 내가 오래 머물던 독일이나 객관적 행복 지수 세계 1위인 핀란드와는 다소 다른 분위기를 풍긴다. 무슨 일이든 흥겨운 일이 벌어질 것만 같은 느낌이

들고, 약간의 소음과 소란, 인생을 즐기는 사람들의 여유를 쉽게 확인할 수 있다. 모두가 불행하다고 말하는 한국과 달리 스스로 행복하다고 말하는 스페인 사람들의 표정이 더 밝아 보이는 것은 부정할 수 없는 사실이다.

『안철수, 내가 달리기를 하며 배운 것들』이라는 책을 쓴 동기도 이러한 마음에서였다. 열심히 사는 걸로는 세계 최고라고 말해도 좋을 우리나라 사람들의 불행한 현실이 너무 안타까웠기 때문이다. '어떻게 하면 우리나라 사람들이 일상에서 조금이라도 행복을 찾는 데 도움을 줄 수 있을까' 하는 고민에 대한 내 나름의 생각과 경험을 책에 담았다. 개인의 행복이 곧 나라의 발전으로 이어지는데, 지금의 우리나라처럼 행복을 발견하지 못하고 희망을 찾지 못하는 상황이 계속된다면 살기 좋은 나라와는 점점 더 멀어질 게 불보듯 뻔하다. 국민이 국가 발전의 도구가 된다면 사람들은 불행해진다. 바로 이 지점이 큰 문제임을 인식하고 이를 바로잡기 위해 힘을 쏟아야 한다. 이미 늦은 것은 어쩔 수 없지만 지금이라도 '어떻게 하면 국민이 행복해질 수 있을까'에 집중하고, 국가는 그 방향과 움직임을 맞춰야 한다. 그런 고민 속에서 조그만 해답이라도 찾고 싶은 마음으로 스페인 방문길에 올랐다.

(왼쪽)바르셀로나에 있는 안토니 가우디의 사그라다 파밀리아 성당.
(오른쪽)스페인 왕실 공식 관저인 마드리드 왕궁.

내가 만난
스페인

나는 2019년 초봄 두 차례에 걸쳐 스페인을 다녀왔다. 수도인 마드리드뿐만 아니라 바르셀로나와 바스크 지방의 도시까지 다녀왔다. 뉴스로 접할 때는 '스페인 경제가 날로 쇠락하며 국가적 불안이 가중되고 있다', '주요 대기업과 국영 기업이 외국에 팔려간다'는 식의 이야기가 들려오기도 하지만, 직접 가서 목격한 스페인의 일상은 사뭇 다른 모습을 하고 있었다. 스페인은 국민의 행복과 정책적 성과가 정비례하고 있는 것처럼 보인다. 선택과 집중의 방식을 취하며 국민의 기본적인 행복을 위해 핵심 정책을 파고들었고, 그 정책은 정권이 바뀌어도 오랫동안 유지되면서 높은 수준의 실효성을 거두고 있었다.

① MWC

스페인에서 가장 먼저 방문한 도시는 바르셀로나였다. 매년 2월 말에 MWC(Mobile World Congress, 세계 이동 통신 박람회)가 열리기 때문이다. 바르셀로나에서 열리는 MWC는 세계 3대 IT 전시회 중 하나이자 세계 최대 규모의 모바일 전시회다. 3대 전시회 중 미국 라스베이거스에서 열리는 CES(Consumer Electronics Show, 세계 가전 전시회)나 독일 베를린에서 열리는 IFA(International Funkausstellung, 국제 가전 박람회)에는 꾸준히 참석해왔지만, MWC 참석은 처음이었다.

스마트폰, 태블릿 등 모바일 관련 제품과 모바일 산업 전반에 관련된 내용이 주를 이루고 있고, 최근에는 모바일 기술을 활용한 차세대 자동차, 드론 등으로 그 범위가 점점 넓어지고 있다. 세계적인 최첨단 기술 동향을 파악할 수 있는데, 그야말로 세계가 빛의 속도로 변하고 있다는 것을 피부로 느낄 수 있는, 혁신과 변화의 현장이었다. 나는 이런 현장에만 다녀오면 발전하는 기술에 흥분되다가도, 우리나라가 처해 있는 어려운 상황을 생각하면 마음이 조급해진다. 지난 MWC 2019를 다녀온 다음은 특히 그랬다.

MWC 2019에서 가장 놀라웠던 것은 1번 전시장의 절반

이상을 차지했던 중국 화웨이 부스였다. 그동안 다양한 전시장을 가봤지만 이제까지 본 것 중 이 정도로 압도적인 규모는 처음이었다. 입구에서 바라보는데 전시장의 끝이 보이지 않을 정도였다. 화웨이뿐만 아니라 중국의 다른 업체들도 저마다의 역동적인 성장세를 뽐내고 있었다. 매년 여러 전시회를 방문하다 보면, 처음에는 작은 부스로 시작했던 중국의 중소기업이 해가 바뀌면서 더 큰 부스를 차지하며 대기업으로 변신하는 모습을 볼 수 있다. 그만큼 중국의 산업구조가 역동적으로 성장하고 있다는 뜻일 것이다. 양적으로도 MWC 2019에 참여한 중국 업체의 수는 상상을 초월하는 수준이었다.

이와 반대로 우리나라의 모습은 크게 달라진 것이 없어 보였다. 물론 삼성, 엘지와 같은 대기업들은 다른 나라 못지않은 훌륭한 부스에서 우리나라의 위상을 떨치고 있지만, 새롭게 이러한 위상에 동참하는 기업은 탄생하지 않고 있는 것이다. 오히려, 소규모이지만 야심차게 참여했던 중소기업들이 해를 거듭하면서 성장하기보다는 모습을 감추는 경우가 많은 것 같다. 변화를 보여주어야 하는 곳에서 변화를 발견하는 것은 고사하고, 있던 기업도 없어지는 상황이 안타깝고 걱정스러웠다.

가끔씩 지나치는 우리나라 사람들과 인사를 주고받았

고, 또 오래전부터 알던 지인을 반갑게 만나 함께 이러한 고민에 대한 생각을 나누기도 했다. 그래도 여기 참여한 사람들은 같은 문제의식을 가지게 되고, 돌아가서 각자의 자리에서 변화를 도모하기 위해 최선을 다할 것이라는 생각이 들었다. 이러한 기대감과 함께, 다른 일정 때문에 조금 더 둘러보지 못하는 아쉬운 마음을 가지고 전시장을 나왔다.

2019년 바르셀로나 MWC 전시장 건물 입구.

(위) 2019년 MWC 1번 전시장의 절반 이상을 차지한 화웨이HUAWEI 부스 입구. 보통 IT 전시장에서 부스가 아무리 커도 한눈에 다 보이는데 화웨이 부스는 입구에서부터 끝이 안 보일 정도로 규모가 컸다.

(아래) 지도를 보니 화웨이 부스는 3, 4번 전시장에도 있었는데 1번 전시장만큼 크지 않았지만 우리나라 대기업 전시장의 규모와 비슷했다.

② 22@ 바르셀로나 프로젝트

바르셀로나에서 만난 또 다른 혁신의 현장은 포블레노우
Poblenou 지역이었다. 이곳은 '22@ 바르셀로나 프로젝트'가 실
시된 도시 재생 현장이다. 이 사업을 담당하는 기관을 방문했
고, 담당자를 만나 자세한 설명을 들을 수 있었다. 기관 내 회
의실에서 열정적으로 설명을 해준 후, 점심시간이 되었는데도
식사를 거르면서까지 밖으로 나가 현장을 직접 보여주고 설
명해주는 담당자의 모습에서 성공의 비결을 엿본 느낌이었다.

설명에 따르면, 원래 이곳은 '카탈루냐의 맨체스터'라고
불릴 정도로 섬유 산업이 번창한 공업 지역이었다. 그러나
1965년 몬주익에 새로운 공업 단지가 형성되면서 1,300여
개의 공장이 그쪽으로 옮겨 갔고, 그 후 포블레노우는 쇠락
한 공장 지대를 가리키는 '러스트 벨트rust belt'가 되었다.

1992년 바르셀로나 올림픽 이전까지 사실상 버려진 땅
이었던 이곳은 올림픽 준비를 위해 도로 확장 사업을 벌이
면서 바르셀로나 시의 비즈니스 중심지로 떠오르게 되었
다. 도심을 중심으로 여러 도로를 건설했고 항구 및 공항을
연계하며 새로운 도시의 면모를 갖춰갔다. 여기에 더해 바
르셀로나 시는 이 지역을 혁신 구역Innovation District으로 지
정한 후 여러 가지 노력을 기울였다. 그중 하나가 '22@ 바
르셀로나 프로젝트'였다.

'22@ 바르셀로나 프로젝트'는 버려졌던 도시를 재생하기 위해 실시한 사업이다. 22@는 공업 전용 지역의 코드인데, 바르셀로나 시는 방치된 공업 전용 지역을 오히려 전면에 내세움으로써 과거의 정체성을 바탕에 두고 그 위에 새로운 도시의 모습을 재탄생시켰다. 바로 리서치 센터, IT, 미디어 등의 지식기반산업을 중심으로 하는 산업 지역으로 탈바꿈시킨 것이다. 이외에도 여러 기업이나 공공 기관, 학교, 연구 기관 등을 유치하며 지식 집약형 혁신 클러스터를 형성하기 위한 노력이 돋보였다.

'22@ 바르셀로나 프로젝트'의 1단계에서는 도시 내에 건물이나 인프라 등의 기반 시설을 조성하며 새로운 환경을 만들었고, 2단계에서는 1단계의 성과를 바탕으로 지역 내에 다양한 주체들을 통합하는 환경을 조성했다고 한다. 바르셀로나 시는 22@를 위한 인프라를 구축한 다음 정체성을 지키면서 시민들을 통합하기 위해 노력한 것 같다. 원래 그곳에 살던 지역 주민들이 주체적으로 동참할 수 있도록 정보 기술을 이용한 사회 프로그램을 운영했고 '공동체 사회'를 활성화하기 위한 공공 임대 주택 공급에 주력했던 것이다. 담당자가 직접 건물을 가리키면서 임대 주택이라고 하는데, 개수도 많고 다른 건물들과 전혀 차이가 없어 보였다.

게다가 일자리 창출 정책도 실시했다. 시민들의 활발한

창업 활동을 지원했음은 물론이고 1,500여 개의 회사를 유치한 결과 4만 5,000여 명의 고용 효과를 이뤄냈다고 하는데, 서비스업 종사자까지 포함하면 무려 9만 명 이상의 고용 효과를 냈다고 할 수 있다.

도시 재생은 무조건 예전의 모습을 없애고 바꿔버리는 것이 아니라고 생각한다. '조화'를 바탕으로 더 나은 환경을 조성하는 데 매진해야 한다. 바르셀로나의 22@은 그런 점에서 좋은 성공 사례를 보여주었다고 생각한다. 시간이 지날수록 우리나라의 여러 도시에서도 점점 낡고 황폐해지는 모습으로 변하는 지역이 분명 생길 것이다. 그러한 지역의 도시 재생 사업을 시행할 때 22@는 충분히 참고할 만한 가치가 있다고 보인다.

③ 몬주익과 라 보케리아 시장

다음으로 간 곳은 한때 포블레노우 지역을 쇠락하게 만들었던 몬주익이었다. 또한 바르셀로나 올림픽 주경기장이 있는 곳이기도 하다. 그중에서도 내가 제일 관심이 갔던 곳은 주경기장 건너편이었다. 그곳에는 바르셀로나 올림픽 마라톤에서 금메달을 딴 황영조 선수의 기념 부조와 함께 태극기가 새겨져 있었다. 한국인으로서 자랑스럽기도 했지만, 바쁜 중에도 틈틈이 겨울 내내 마라톤 연습을 하고 대회

출전을 앞두고 있던 때이기도 해서 더 관심이 갔다. 언젠가 기회가 된다면 바르셀로나 마라톤 대회에서 뛰고 싶다는 생각도 들었다.

또한 도심 중앙에 있는 라 보케리아 시장도 가보았다. 어느 나라나, 어느 지역이나 그곳을 대표하는 먹거리가 있게 마련인데 내가 스페인 바르셀로나에서 만난 것은 바로 하몽이었다. 돼지의 뒷다리를 통으로 소금에 절여 건조하여 만든 스페인의 대표적인 햄이다. 시장에 있는 대부분의 가게가 하몽을 팔고 있었는데, 가격이 천차만별이었다. 보기에는 비슷했는데 가격이 수십 배 차이가 났다. 왜 이렇게 비싸냐고 물어보니, 도토리만 먹여서 키운 돼지의 뒷다리로 만들었다고 한다. 그리고 수년간에 걸쳐서 오랫동안 정성스럽게 발효시킨 것은 훨씬 비싼데도 잘 팔린다고 한다. 우리의 전통 음식도 더 특화하고 고급화 전략을 취해보면 좋겠다고 생각한 순간이었다.

바르셀로나 시정부에서 관리하는 22@ 혁신 지구 내부에 있는 대학 쪽으로 가던 길. 도시를 재개발하면서 비즈니스 시설은 물론 거기에 필요한 행정, 교육 등의 여러 가지 서비스를 공급했다.

22@ 혁신 지구에서 도시에 대해 자세히 설명해준 직원과 함께.

마드리드

바르셀로나에서 마드리드로 갈 때는 고속열차를 이용했다. 기차역이 도심에 있고 운행 시간이 세 시간도 걸리지 않으니 비행기보다 훨씬 빠른 교통수단이었다. 비행기는 운행 시간 자체는 짧지만 교외에 있는 공항까지 이동해야 하고 미리 가서 기다려야 해서 실제로는 시간이 더 많이 걸리기 때문이다. 그런데 바르셀로나 중앙역까지 가는데 차가 막혀서 열차 출발 시간 직전에야 도착할 수 있었다. 아내와 함께 배낭을 단단히 메고 한순간도 쉬지 않고 열차 플랫폼까지 뛰어갔다. 열차에 타자마자 몇 초 후에 열차가 출발하는 것이 아닌가. 평소에 마라톤 연습을 한 덕을 실생활에서도 보는 순간이었다. 아름답고 풍요로운 스페인의 농촌 풍경을 보고 있노라니 어느덧 기차는 마드리드의 아토차 역에 도착했다.

역에는 한국에서 파견 나온 수녀님이 마중을 나오셨다. 유럽에서 새로운 나라를 방문할 때면 항상 누구의 도움 없이 대중교통을 이용해서 약속 장소를 찾아갔는데, 스페인만 유일한 예외였다. 스페인 사람으로 경남 산청의 성심원에서 한센인을 돌보며 40년째 살고 계시는 유의배(스페인 이름은 루이스 마리아 우리베) 신부님께서 우리 부부가 본인의 고향인 스페인을 방문한다는 소식을 접하시고는 마드리드에서 알고 계신 수녀님께 부탁을 해놓은 것이다.

그날 저녁은 수녀원의 방문자용 숙소에서 묵었는데, 미리 인터넷으로 주문해둔 우리나라의 쌀강정을 들고 갔다. 대부분 아주 나이가 많은 수녀님들이셨는데, 함께 저녁 식사를 할 때 드렸더니 너무너무 좋아하셨다. 이번만이 아니라 유럽에서 의미 있는 곳을 방문할 때면 선물로 한과를 가져가곤 했는데, 한 번도 실패한 적이 없었다. 한과 전도사라도 된 것처럼 유럽에서 한과를 선물했다. 우리나라 전통 과자의 케이푸드K-Food 성공 가능성을 엿볼 수 있는 순간이었다고 할까.

① 농림부

마드리드에서 제일 먼저 방문한 곳은 농림부였다. 내가 스페인 농림부를 방문하게 된 계기는, 독일에서 살면서 매일 체감하는 낮은 생활 물가 때문이었다. 내가 살았던 뮌헨은 독일에서도 가장 물가가 비싼 지역으로 알려져 있는데, 실제로 살아보니 한국보다 생활 물가가 훨씬 낮았다. 내가 직접 장을 보는 경우가 많았는데, 슈퍼마켓에서 과일과 고기 등을 다양하게 무거울 정도로 샀는데도 고작 15유로, 우리 돈으로 약 2만 원밖에 하지 않았다. 만약 같은 장보기를 한국에서 했다면 5~10만 원은 거뜬히 나올 수준이라 사진으로 찍어둘 정도였다. 나중에 한국에서 방문한 여러 사람에게 사진을 보여주며 얼마쯤 할 것 같으냐고 물어보았는데 단 한 사람도 가격을 맞힌 사람이 없었다. 어쨌든 장을 보면서 특히 농산물의 경우에는 원산지가 스페인이 많다는 것이 나의 관심을 끌었다. 즉 어떻게 스페인은 저렴하고 질 좋은 농산물을 생산할 수 있고, 생활 물가를 낮추는 데 큰 역할을 할 수 있는지에 대한 궁금증이 스페인 농림부를 방문한 계기가 되었다.

스페인 농림부의 전문가 및 실장급 공무원 세 명이 나왔는데, 모두 여성이었고 영어로 의사소통 하는 데 아무런 지장이 없었다. 이야기를 나눠보니 담당자들의 높은 전문성과 일관된 정책이 이 같은 결과를 만들어냈다는 걸 알 수 있었다.

스페인 농림부는 식품산업까지 전담하며 스페인 GDP의 10퍼센트를 책임지고 있었다. 또한 스페인은 EU 최대의 농축산물 수출국이기도 하다. 수출성장률이 해마다 10퍼센트에 육박한다. 농가 소득이 계속 높아지고 농축산물 수출이 지속적으로 증가하는 나라는 유럽에서 스페인이 유일하다.

스페인의 농업은 과학적으로 굉장히 앞서가는 분야였다. 스페인 농업이야말로 1차산업과 4차산업이 결합한 5차산업으로 부르기에 손색이 없었다. 빅 데이터와 AI를 활발히 활용하는 덕분이다. 예를 들어 농림부에서는 인공위성으로 전국의 농경지를 전부 찍고 분석하며 늘 토양과 기후 상태를 살핀다. 그리고 수십 년 동안 축적된 빅 데이터를 활용해 농민들에게 작물을 추천하는 등 많은 정보를 보내주고 있다고 한다.

또한 농업에 IT 기술을 접목해 올리브와 포도 농사에서 큰 성공을 거두고 있는 중이다. 블록체인을 활용해 식품의 이력을 추적하는 시스템을 구축한 덕분에, 만약 식중독이 발생하면 어디에서 생산된 식재료가 문제인지를 금세 파악할 수 있다.

AI 기술을 적용한 뒤에는 병해충 방제 시장을 개척하고 있다. 스페인 안달루시아 식물보호정보네트워크RAIF는 수년간 누적된 빅 데이터 분석과 딥 러닝을 통해 최대 4주 후까지 해충 행동을 예측하는 해충 관제 시스템을 거의 완성했다고 한다. 이전까지는 무방비 상태에서 병해충을 겪고 이를 뒤늦게 수습해야 하는 농업 시스템이었다면, 이제는 사전 예측을 통해 경제적 손실을 줄이는 것은 물론이고 사태 수습에 들이는 시간 역시 크게 절약할 수 있게 된 것이다. 농업, 임업, 축산업 등 위험도가 높은 분야에서 과학적인 측정을 통해 위험도를 낮추는 등의 적극적이고 전문적인 정책으로 뒷받침한 결과라고 할 수 있다.

이밖에도 '스마트 에브리 전략' 등 농림부와 다른 부처 간의 협업도 자주 이뤄진다고 한다. 이를 테면 농림부와 교육부가 농민의 정보 격차를 줄이기 위한 프로젝트를 함께 하는 식이다. 창업이나 새로운 비즈니스 모델 촉진 전략 등도 둘 이상의 부처가 손잡고 진행한다. 교육부 이외 다른 부서와의 협업도 활발하게 이루어진다고 하는데, 부처 간의 칸막이가 존재하지 않거나 최소한 낮은 느낌이 들어 참 좋아 보였다.

정부와 민간이 역할을 분담한 농작물 재해 보험 제도 역시 상당히 앞서가고 있었다. 농업에서 자연재해는 굉장히 큰 위험이다. 이 위험을 관리하기 위해서는 말 그대로 '보험'이 필요한데, 정부는 이를 위해 세계 최고 수준의 농작물 재해 보험 제도를 실시하고 있다.

스페인 농작물 재해 보험의 가장 큰 특징은 정부와 민간의 유기적인 협력 체계이다. 피해를 본 농가에게 정부가 직접 지원하지 않고 민간 보험 회사를 통해 간접 지원하는 방식이다. 농림부와 경제부에서는 제도 운영 계획을 수립하고, 지방 정부와 함께 보험료의 일부를 지원한다. 농업 단체는 농업인들의 의견을 대변하면서 제도 개선 및 상품 개발을 요구하고, 단체 보험의 보험 계약자 역할을 담당한다. 빅 데이터는 농민과 보험사 모두가 수긍할 수 있는 객관적인 손해액 평가에 도움을 주는 것은 물론, 갈등도 줄여준다. 스페인은 정부가 할 일과 민간이 할 일을 제대로 나누는 데 성공한 농업 정책의 모델 국가인 셈이다. 이러한 설명을 들으면서 농업에 대한 국가적 지원이 상당히 많은 것 같다고 질문하니, 농림부 관계자는 '유럽연합 가입국으로서 EU 가이드라인을 준수해야 하며 그 범위를 벗어나지 않는다'라고 대답했다.

가장 중요한 것은 스페인의 농업 정책이 1978년 개헌 이후 40여 년이 지나는 동안에도 큰 흐름은 그대로 유지되었다는 점이다. 장기적인 관점에서 지속적으로 정책이 추진되다 보니 농업 부문에서는 2012~16년 동안 연평균 4퍼센트의 성장세를 기록했다고 한다. 농업이 정체 또는 퇴보하는 다른 나라나, 스페인 내의 다른 산업들과 상당히 비교되는 지점이다. 특히 2015~2016년에는 농축산업 총생산이 유럽에서 홀로 성장했다. 상위 농업국인 프랑스, 이탈리아, 독일의 경우는 농산물의 생산량이 줄었지만 스페인은 2.9퍼센트 늘었다. 생산량뿐 아니라 교역량 또한 증가해 달걀과 감자, 그리고 올리브유 등 농산물 수출 규모가 약 430억 유로에 이른다.

정권이 바뀌어도 일관된 정책이 오랫동안 실행된 덕분에 최근과 같은 성과가 있지 않나 싶다. 만약 정권이 바뀔 때마다 농업 정책이 이리저리 흔들렸다면 농업의 5차산업화는 고사하고 다른 부서와의 협업 역시 중간에 흐지부지되는 경우도 자주 발생했을 것이다.

스페인 농림부 건물.

스페인 수녀님들이 한과에 관심을 보이는 것을 경험하고 스페인 농림부를 방문하면서, 우리나라의 농업이 나아가야 할 방향은 무엇인지에 대해 다시금 생각을 정리하는 좋은 기회가 되었다.

② 에너지 관광부

다음으로 방문한 곳은 에너지 관광부였다. 언뜻 생각하면 스페인은 역사적으로 가볼 만한 가치가 있는 곳도 많고, 천혜의 자연환경을 물려받은 타고난 이점이 있어서 관광 산업이 저절로 이루어지는 나라라고 생각할 수도 있다. 하지만 내가 에너지 관광부에서 실제로 접한 것은 관광 산업을 유지하고 발전시키기 위해 기울이는 그들의 노력이었다.

농업과 함께 스페인이 자랑하는 산업이 바로 관광 산업이다. 스페인은 서유럽, 북유럽 국가들의 여름휴가지로 각광받으면서 관광 인프라 확충이 시작됐다고 한다. 1960년대와 1970년대 이후, 스페인은 가장 인기 있는 여름휴가지였다. 많은 나라 가운데 특히 영국, 프랑스, 독일, 이탈리아, 베네룩스 3국, 미국에서 많은 관광객이 방문한다. 이에 따라 스페인의 외국인 대상 관광 산업은 세계에서 두 번째로 큰 규모로 성장했다. 스페인의 관광 산업은 GDP의 약 10~11퍼센트를 차지할 정도이며, 세계경제포럼이 2017년에 발표한 관광 경쟁력 지수에서 136개국 중 1위를 기록한 바 있다.

이들로부터 전해들은 관광 산업의 전략 가이드라인은 크게 세 가지였다. 첫째는 경제적으로 지속가능할 것, 둘째는 각 지역별로 독립성을 유지할 것, 셋째는 환경적으로도 지속가능할 것이었다. 이 세 가지 기준을 엄수하면서 산업 발전을 위한 세부적인 계획을 세우고 각 부처마다 이를 꼼꼼하게 실행하는 방식이었다.

아무리 관광지로서 매력적인 자연환경과 역사 현장을 가진 나라라고 해도 그냥 방치해서는 지금처럼 전 세계에서 관광객을 끌어모으기는 어려웠을 것이다. 관광 산업이야말로 정부와 민간의 제대로 된 역할 분담이 필요하다. 정부에서는 가능성 높은 관광지가 있다면 필요한 교통수단 등 인프라를 설치하고 스토리를 만들고 전 세계에 홍보하는 일을 하고, 민간에서는 숙박 시설, 식당, 쇼핑 시설 등에 대한 투자와 서비스 질을 높이기 위한 노력을 병행해야 그 결실을 맺을 수 있을 것이다.

나는 유럽 내 다른 나라들에 가면 정부 부처나 전문가를 방문할 뿐만 아니라 그곳에서 살고 있는 사람들의 일상을 보다 가까이 느낄 수 있는 수단의 하나로 에어비앤비를 많이 이용했다. 에어비앤비는 자기가 사는 집이나 방을 숙소로 내놓기 때문에 비용이 저렴하고, 그 나라 사람들이 생활

하는 공간을 볼 수 있는 기회이기도 했다. 마드리드에서도 처음 방문했을 때는 수녀원에서 신세를 졌지만 두 번째 방문에서는 에어비앤비에서 묵었다.

또한 스페인에서는 관광 상품 중의 하나인 타파 투어 TAPA Tour에도 참여해보았다. 타파는 작은 접시에 담겨 나오는 요리인데, 여러 식당을 다니며 그 식당에서 잘하는 음식 몇 가지만 먹어보고 다음 식당으로 옮겨 가는 투어였다. 다양한 관광 상품이 관광을 더 풍요롭게 만드는 역할을 훌륭하게 해내는 것이다.

부처 책임자들과 대화하던 중에 에어비앤비에서 묵었고 타파 투어 등 스페인의 관광 상품들도 직접 체험해보았다고 했더니, 나의 평가에 큰 관심을 보였다. 외국에서 방문하는 정부 관계자 중에는 그런 경우가 없어서 자신들도 객관적인 평가를 들을 기회가 없었다는 것이다. 많은 대화를 통해 서로 정보를 공유할 수 있는 유익한 만남이었다.

마드리드에서 에어비앤비를 이용해 머물던 숙소에는 사람들을 잘 따르는 고양이가
있었다.

스페인의 유명 관광 상품인 타파스 투어에 참석한 사람들과 함께.

③ 보건 복지 평등부

보건 복지 평등부에 갔던 이유는 유럽 내에서도 잘되어 있다고 평가받는 의료 보험에 대해 알아보기 위해서였다. 먹고 사는 문제만큼이나 중요한 행복의 조건이 건강이다. 스페인은 보건과 복지를 모든 국민의 평등 차원에서 접근한다. 그래서인지 스페인은 세계 최고의 건강 국가이자, 세계 최상위권 장수 국가이며, 세계 최고의 보건 의료 시스템을 자랑한다. 스페인 사람들은 유럽 국가 내에서도 평균 기대수명이 높은 편이다.

나는 프랑스 스트라스부르에 학회 참석 차 갔다가 음식을 잘못 먹은 탓에 식중독 증세로 응급차를 타고 병원 응급실로 갔던 적이 있었다. 당시 독일 의료 보험에 가입되어 있었는데, 프랑스에서도 아무런 불편함이나 별도의 비용 지불 없이 치료를 받을 수 있었다. 응급실에서 혈액검사를 했는데 결과가 나오기까지 서너 시간 정도 걸렸다. 한국만큼 검사 결과가 빨리 나오는 곳은 없는 것 같다는 생각을 했다. 그런데 의사가 퇴원 결정을 하는 데 신중에 신중을 기하고 퇴원시키면서도 주의할 점들에 대해서 신신당부를 잊지 않는 모습을 보면서, 건강에 관해서는 꼭 빠른 것이 좋은 것은 아니라는 생각이 들었다. 나중에 독일로 한화 5만 원 정도의 청구서가 날아왔지만 그마저도 보험사에서 전액 환불을 받았다. 이렇게 유럽의 의료 시스템을 직접 체험해보기도 해서, 유럽 내에서도 좋은 평가를 받는 스페인의 의료 시스템에 대해 대화하기 위해 찾아간 것이다.

스페인의 의료 기관은 대부분 공공 병원이고, 그곳의 의사들은 공무원이다. 의료 행위가 곧 공공 행위가 되다 보니 그 비용 또한 저렴해 유럽 내에서도 스페인으로 의료 관광을 갈 만큼 잠재적 시장 가치가 크기도 하다. 1986년에 창립된 스페인 보건 의료 시스템(Sistema Nacional de Salud, SNS)은 보편성과 무료 서비스를 기본으로 한다. 여기에 드는 비용은 세금으로 형성된 공공 자금으로 지원되며 국민 건강 및 복지 증진을 위한 시스템 목적으로 운영되고 있다.

이러한 시스템 덕분에 스페인의 의료 보장은 폭넓게 이뤄진다. 사회 보장세 납부자와 부양가족은 공립 병원 진료 및 입원 시에 무상의료 혜택을 받고 있으며, 처방에 의한 의약품 구입 시 소득 수준에 따라 퇴직자는 약값의 10~20퍼센트를, 근로자는 50~60퍼센트를 부담하면 된다. 스페인 의료 보험 카드를 갖고 있는 국민은 전국에 소재한 국영 보건 의료 기관(Instituto Nacional de Gestion Sanitaria, NGESA)에서 누구나 무상으로 치료를 받을 수 있다. 스페인 사람이 아니더라도 EU 국가 국민일 경우 의료 보험 카드가 있으면 다 치료해준다.

마드리드에서는 공공 의료 기관 간에 환자의 의료 기록에 대한 정보를 공유한다. 환자가 어떤 의료 기관에서 진료를 받더라도 과거 병력이나 검사 결과 등에 대한 정보가 공유되고 있어 환자에 대한 건강관리가 지속적으로 이뤄진다. 또 다른 병원을 가더라도 중복 검사를 방지할 수 있어 비용 절감에도 도움이 된다. 다만 개인 정보 유출 가능성 때문에 환자 의료 정보는 공공 의료 기관에서만 연계될 뿐, 민간에는 공유되지 않는다. 앞으로는 이러한 시스템을 확대해 전 유럽에서 환자 정보를 공유할 수 있는 사업을 추진하고 있다는 이야기를 들었다. 그러다 보니 북유럽에서 연금받고 은퇴 후 스페인에서 건강관리를 하러 간다는 말도 있다고 한다. 스페인의 의료 정책은 국민들을 만족시키며 잘자리 잡고 있다고 평가하고 싶다.

④ 디사이드 마드리드

마드리드에서 만난 대표적인 혁신 사례는 마드리드 시 정부의 디사이드 마드리드Decide Madrid였다. '디사이드 마드리드'란, '시민들의 의견을 수렴하는 온라인 플랫폼'이다. 시민들의 정책 제안, 토론, 투표 등이 활발하게 벌어질 수 있는 장이다. 대의민주주의의 부족한 점을 메움과 동시에 투명한 민주주의 구현을 위해 시민들의 참여를 훌륭하게

시민들이 직접 참여하며 의견을 모으는 온라인 플랫폼으로 유명한 디사이드 마드리드 팀. 전 세계에서 쓸 수 있도록 공유 소프트웨어로 소스를 올려놓았다.

이끌어내고 있어서, 다른 나라에서도 이를 배우러 올 만큼 좋은 벤치마킹 사례가 되고 있다.

나는 마드리드 시청 별관에서 디사이드 마드리드를 만든 팀을 만났다. 팀을 책임지는, 마드리드 시장과 오랫동안 함께 일해온 변호사 출신의 공직자와 함께 플랫폼을 만든 두 명의 핵심적인 소프트웨어 엔지니어를 만나 유익한 대화를 나누었다. 팀원들은 몇 마디 나누지 않고서도 내가 기술적인 이해도가 깊다는 것을 금방 알아챘고, 서로 편안하고 즐겁게 대화를 나눌 수 있었다.

16세 이상의 마드리드 시민이라면 누구나 디사이드 마드리드에 접속해 정책과 입법을 제안할 수 있다. 마드리드 유권자의 2퍼센트에 해당하는 5만 3,726명의 동의를 얻은 제안은 투표에 부쳐지고, 과반의 동의를 얻으면 실제 정책이나 입법으로 이어진다. 토론 수립 마당에서는 시민들이 함께 이야기하고 싶은 주제를 제안하고 토론하는데, '국민투표에 부치는 최소 요건인 유권자 2퍼센트라는 동의 기준이 적절한가?' 등의 주제로 활발하게 토론이 벌어지고 있었다.

대표적인 활동 중 하나는 시 예산의 약 2퍼센트의 사용처를 시민들이 결정하게 하는 것이었다. 마드리드 시의 전체 예산 45억 유로 중 1억 유로(약 1,300억 원)에 대한 예산안 사용처를 시민들이 직접 결정할 수 있게 한 것이다. 그 결과

약 일흔 개 스포츠 센터에 태양광 패널을 설치했고, 학교와 문화 센터에 무료 음악 교실을 열었다. 치매 환자 돌봄 센터도 세워졌다.

디사이드 마드리드 팀은 이러한 성공적인 플랫폼을 전 세계의 다른 지자체에서도 사용할 수 있도록 소스 코드를 소프트웨어 공유 사이트인 깃허브GitHub에 올려놓았다. 이에 따라 이미 100여 곳의 지방 정부들이 적극적으로 활용하고 있으며, 전 세계 전문가들이 함께 참여하여 지속적인 개선이 이루어지고 있었다.

이야기를 나누면서 디사이드 마드리드 팀의 자부심을 피부로 느낄 수 있었다. 그들은 자신들이 하는 일에 큰 보람을 느끼고 있었고, 이 일이 민주주의 발전에 조금이라도 도움이 되기를 진심으로 바라고 있었다. 그리고 디사이드 마드리드가 앞으로 어떻게 발전할 것인지에 대한 장기적인 비전도 이미 세워놓은 상태에서, 하나씩 묵묵히 실행에 옮기고 있었다. 시청 별관을 나오면서 IT를 활용하여 좀 더 좋은 세상을 만들 수 있겠다는 기대와 희망을 가지고 바스크 지방으로 발걸음을 옮겼다.

바스크 지방의 게르니카에 있는 '게르니카의 나무'. 폭격을 받고도 유일하게 남아 있던 나무로, 굉장히 소중하게 보존해놓았다.

파블로 피카소가 게르니카의 참상을 그린 그림 「게르니카」를 본뜬 벽화. 피카소의 그림은 스페인 마드리드의 레이나 소피아 국립 미술관에 소장되어 있다.

① 게르니카

내가 게르니카에 가게 된 계기는 존경하는 유의배 신부님 덕분이다. 앞에서 잠깐 언급했지만, 유의배 신부님은 스페인 바스크 지방 출신으로, 경상남도 산청군의 성심원에서 한센인과 숙식을 같이하면서 40년간 한결같이 그들을 돌보고 봉사하시는 분이다. 한센인의 마음을 위로하고 생활을 돌보면서 한 분이 돌아가실 때마다 종교의식을 치르고 묘지에 묻어드리면서 항상 함께 계시는 분이다. 나는 지금까지 그분만큼 순수한 영혼을 가진 분을 본 적이 없다.

내가 MWC 등의 일정으로 스페인에 갈 예정이라고 하자, 지금도 게르니카에 살고 있는 자신의 동생을 소개시켜주시면서 그곳에 들르면 배울 점이 있을 거라고 조언해주셨다. 공항에 도착하니 신부님의 동생분과 사위가 나와 계셨다. 동생분도 신부님만큼 순수하고 맑고 유쾌한 분이셨다. 바스크 지방에 있는 동안 안내도 해주셨고 가족 모임에도 초대해주셨다. 동생분 부부, 두 딸과 두 사위, 그리고 네 명의 손녀들까지 화목하고 따뜻한 스페인 가족들과 정말 오랫동안 기억에 남을 즐거운 시간을 보냈다. 스페인 사람들은 함께 어울리고 더불어 사는 것을 무척 좋아한다는 인상을 받았다. 밝고 낙관적인 데다 솔직하고 가정을 중시하는 분위기였다. 이러한 마음으로 살 수 있는 곳이 스페인이 아닌가 싶다.

어쩌면 주관적인 지수일지라도 스페인 사람들이 스스로 행복하다고 느끼는 비결은 이러한 '공동체 의식'에서 비롯된 것 같다. 스페인에서 가족은 공동체의 기초 단위이자 행복의 토대이다. 3대가 모여 사는 경우도 흔하다. 이러한 공동체 의식이 스페인 사람들의 행복의 원천인 것 같다. 사람은 혼자 살 수 없는 존재이며 혼자 행복할 수도 없는 존재이다. 어쩌면 많은 우리나라 사람들이 불행한 이유 중 하나도 공동체가 파괴되고 각자가 고립되어가는 상황에서 비롯된 것은 아닐까? 함께 살아가는 공동체 의식과 행복은 서로 연결된 가치라고 생각한다.

그런 가치 그대로 사람들이 어우러져 살아가는 덕분일까. 게르니카에는 처참한 비극의 역사에도 불구하고 평화를 사랑하는 순박한 사람들이 살고 있었다. 게르니카는 1만 7,000명 정도가 사는 아주 작은 도시지만, 경제적으로는 다소 부족해도 행복하게 살아가는 사람들을 많이 만날 수 있었다.

1937년 스페인 내전 당시 나치 공군이 게르니카 일대를 폭격했다. 상대의 사기를 꺾으려는 비열한 목적으로 자행한, 민간인 대상의 무차별 폭격이었다. 남성들은 전쟁터로 떠나고 여성과 아이들만 마을에 남아 있었기에, 대부분의 희생자들도 여성과 아이들이었다. 피카소가 이러한 게르니카의 참상을 그림으로 그려 이 비극은 세계적으로 널리 알려지게 되었다.

피카소의 「게르니카」 원본은 마드리드의 레이나 소피아 국립 박물관에 전시되어 있지만, 게르니카 시에는 이를 그대로 본뜬 벽화가 그려져 있었다. 그 전까지는 책에서 작은 사진으로만 보고 지나쳤던 「게르니카」를 실제 크기의 벽화 앞에서 오랫동안 자세히 바라볼 수 있었다. 벽화에는 죽은 아이를 품에 안고 하늘을 보며 통곡하는 어머니, 고통에 울부짖는 말과 그 아래에 팔이 잘린 채 숨져 있는 병사, 불에 타 죽어가는 여성이 생생하게 묘사되어 있었다. 따뜻한 봄빛 속에 서서 벽화를 바라보던 나에게 당시 희생자들의 절규가 들리는 듯했다. 다시는 같은 일이 일어나서는 안 된다는 공감을 모든 사람들에게 불러일으키는 걸작이었다. 예술의 힘을 다시 한 번 실감할 수 있었다.

또한 게르니카에는 무차별 폭격에 도시 전체가 파괴된 가운데에도 기적처럼 살아남은 나무 한 그루가 있었다. '게르니카의 나무'이다. 게르니카는 중세시대부터 떡갈나무를 도시의 상징으로 삼았고, 지도자들이 커다란 떡갈나무 아래에서 중요한 회의를 하는 전통이 있었다. 그 나무가 죽으면 그 나무의 도토리를 심어 다시 나무를 재생시켜왔다. 바로 도시의 상징인 그 나무가 도시 전체가 폐허가 된 비극 속에서도 기적적으로 살아남은 것이다. '게르니카의 나무'는 평화의 상징이었으며, 폭격에서 살아남은 다음에는 희망의 상징이 되었다. 아무리 절망적인 상황에서도 희망의 불꽃은 어딘가에 반드시 살아 있기 마련인 것이다.

② 빌바오 구겐하임 박물관

빌바오 시는 바스크 지방에서 가장 큰 도시이다. 빌바오 구겐하임 박물관은 몰락한 도시를 세계적인 문화 명소로 만든, 도시 재생의 대표적인 사례로 꼽힌다.

빌바오는 1970년대 중반까지도 제철소와 조선업 등 활발한 철강 산업의 중심지였다. 하지만 1980년대에 들어서면서 철강업이 쇠퇴하기 시작했고, 바스크 분리주의자들의 잇따른 테러로 도시가 망가지면서 예전의 영광이 한순간에 사라져버렸다. 그대로 몰락할 수도 있던 빌바오는 발전의 동력을 '산업'에서 '문화'로 이동시켜 도시를 재생시키는 동시에 전세계 여행자들이 찾고 싶은 곳, 시민들이 살기 좋은 곳으로 만들었다. 그 중심에 바로 빌바오 구겐하임 박물관이 있었다.

원래 구겐하임 박물관은 뉴욕에 있지만 소장품이 너무 많아 이탈리아 베네치아와 독일 베를린에 두 번째와 세 번째 박물관을 열었고, 네 번째 박물관을 만들기 위해 세계의 여러 도시들로부터 제안서를 받던 중이었다. 이때 빌바오가 도시를 살려야 한다는 일념으로 1억 달러를 들여 문화적 랜드마크인 구겐하임 박물관을 유치하는 데 성공했다. 비록 쇠퇴하긴 했지만 철강은 빌바오의 정체성에서 빠질 수 없는 부분이고, 구겐하임 재단의 설립자인 솔로몬 구겐하임이 미국의 철강 재벌이었다는 점도 어느 정도 관련이 있는 것으로 알려져 있다. 그렇게 빌바오 구겐하임 박물관은 1997년에 문을 열게 되었고, 몰려드는 관광객으로 시의 새로운 상징과도 같은 곳이 되었다.

박물관 입구로 진입하면 멀리서부터 12미터 높이의 '강아지Puppy' 조형물이 보인다. 약 4만 송이의 꽃으로 이루어진 거대한 강아지 모양의 조형물은 박물관에 입장료를 내고 들어가지 않아도 모든 사람들이 볼 수 있으며, 시민들의 사랑을 듬뿍 받고 있다. 구름 한 점 없는 맑은 하늘 아래에서 강아지를 이루는 꽃들이 바람에 흔들리는 모습을 보고 있노라면 작가의 사려 깊은 따뜻한 마음이 전해져오는 듯하다. 그 밖에도 박물관 주변에는 거대한 거미 모양의 조형물, 강 건너 다리 아래 공간을 이용한 벽화 등 일반에게 개방된 예술품들로 둘러싸여 있다. 이러한 풍경 속에서 1997년 개관 이후 매년 100만 명에 가까운 관광객이 이 도시를 다녀간다는 사실도, 지금까지 박물관을 다녀간 관람객의 숫자가 이미 1,000만 명을 훌쩍 넘었다는 사실도 실감할 수 있었다. 이제 빌바오는 전쟁과 내전의 상처를 뒤로한 채 새로운 역사를 쓰고 있는 중이다.

(왼쪽) 빌바오 시가 정경. 내가 갔던 3월에는 도시 축제와 겹쳐서 시끌벅적했다.
(오른쪽) 도시 재생의 상징인 구겐하임 박물관.

구겐하임 박물관 외부에 전시된 거미 모양의 조형물. 박물관 내부뿐 아니라 외부에도 많은 조형물이 전시되어 있었다.

구겐하임 박물관 입구에 있는 '꽃으로 만든 강아지' 바람에 따라서 꽃들이 움직이는 모습이 아름답워라

③ 몬드라곤 협동조합

다음 날은 몬드라곤 협동조합을 찾았다. 일요일이었는데도 담당자가 기꺼이 나와서 함께 깊이 있는 대화를 나눌 수 있었다. 몬드라곤 협동조합은 전 세계적으로 가장 잘 알려진 성공적인 협동조합의 복합체이다. 각각의 협동조합도 경쟁력이 있지만, 여러 분야의 협동조합들이 서로 유기적으로 협력하면서 모두가 한 단계 더 도약할 수 있는 토대를 만들었다. 이러한 성공 사례를 배우기 위해 연중 끊이지 않고 많은 나라에서 방문한다고 한다.

1956년 바스크 지방의 작은 도시였던 몬드라곤에서 돈 호세 마리아 신부의 지도 아래 다섯 명의 조합원이 모여, 첫 번째 노동자 협동조합인 석유난로 공장 울고Ulgor를 설립한 것이 시작이었다. 60여 년이 지난 지금은 총 257개의 협동조합 및 기업, 열다섯 개의 연구 센터에서 무려 7만 4,060명의 직원을 두고 있다. 이들의 성적표는 스페인 고용 창출 3위, 재계 서열 7위, 매출 순위 8위를 기록할 정도로 훌륭하다. 협동조합 방식으로도 기업 못지않게 경쟁력 있게 성장하고 고용 창출이 가능하다는 것을 증명한 것이다.

조합을 소유하고 있는 조합원이 직원으로 일하고 있는 협동조합의 운영 방식은 창출된 수익이 구성원들에게 골고루 분배될 수 있도록 한다. 또한 조합원 총회에서 조합원이자 직원들이 직접 최고 경영자를 선출하거나 해임할 수 있으며, 엄격한 심사를 거치고 조합원의 동의만 얻을 수 있다면 누구나 경영자가 될 수 있다. 최고임금을 받는 조합원은 최저임금을 받는 조합원의 최대 4.5배까지만 받을 수 있다. 또한 소속된 협동조합 및 기업들은 서로의 영업 이익과 손실을 일정 부분 공유해서 리스크를 줄이며, 필요할 때는 협동조합 간의 인력 교류를 통해 개인의 발전과 조직의 생존을 함께 도모한다고 한다.

모두가 동의하는 투명한 경영 덕분일까. 글로벌 금융 위기와 경제 위기로 스페인이 IMF 구제 금융을 받던 때에도 이곳에서는 모든 조합원이 고통을 분담함으로써 위기를 극복하기도 했다. 투명과 신뢰는 함께 가는 가치임을 다시 느낄 수 있었다.

스페인에서 협동조합이 꽃을 피운 것은 스페인 사람들의 공동체 의식과 무관하지 않을 것이다. 나 혼자만 잘살기 위한 노력이 아니라, 우리 모두가 함께 잘살고자 하는 정신이 협동조합에 고스란히 반영된 것은 아닐까? 어쩌면 이곳이 살기 좋은 곳이라고 느껴진 건 좋은 정책 자체보다 그 정책을 만들고 실천하는 사람들 덕분이 아닌가 싶다.

몬드라곤 협동조합 직원 분의 설명을 들으며.

몬드라곤 협동조합 앞에서 유의배 신부님의 동생 분 가족과 함께.

스페인에서
배운 것들

나는 사람들이 살아가는 어느 곳에서나 보고 듣고 배울 것이 있다고 생각한다. 하물며 유럽 내에서도 농업 및 관광으로 앞서가는 스페인에서 우리가 직접 적용하고 응용하면 좋을 점들이 많은 것은 당연한 일이다. 앞서간 나라들에서 장점은 취하고 시행착오에서는 교훈을 얻으면 되는 것이다. 또한 글로벌 혁신의 현장을 경험할 수 있는 MWC, 많은 나라들이 고민하고 있는 의료 보장 제도, 시민의 목소리를 정책에 반영하는 좋은 플랫폼인 디사이드 마드리드에 이르기까지, 스페인에서 배웠던 중요한 화두 다섯 가지를 공유하고자 한다.

매년 바르셀로나에서 열리는 MWC와 같은 전시회들은 저마다 화려한 부스를 뽐내지만 실상은 치열한 혁신 경쟁의 전쟁터이다. 각국의 정부들은 수많은 기업들을 앞에 내세우고 뒤에서 도우면서 살아남기 위해 사투를 벌이고 있다. 나는 다른 나라들은 어떤 전략을 펼치고 있는지, 우리나라의 상황은 어떠한지를 직접 두 눈으로 파악하기 위해서 매년 3대 전시회인 CES, IFA, MWC를 돌아가면서 참관하고 있다. 인터넷을 통해서 정보를 얻을 수는 있지만 직접 눈으로 보는 것과는 느끼는 바가 다르기 때문이다.

최근 몇 년간 전시회들을 보면서 세 가지의 커다란 패러다임의 변화를 느낄 수 있었다.

첫째, 하드웨어 성능 경쟁의 시대가 끝나고 '소프트웨어 경쟁' 시대가 도래했다. 하드웨어 간의 성능 차이가 좁혀짐에 따라 이제는 소프트웨어 기술력이 성능의 차이를 좌우하게 되었고, 이것은 컴퓨터나 스마트폰뿐만 아니라 자동차, 드론, 가전제품 등 컴퓨터를 사용하는 모든 분야로 확장되고 있다. 미국 애플 사 직원과 만나 대화를 나눈 적이 있는데, 애플 사에서는 이미 소프트웨어 엔지니어가 하드웨어 엔지니어보다 여러 가지 면에서 높은 대우를 받는다고 한다. 애플 사의 주 사업이 하드웨어인데도 말이다. 미국의 다른 IT 기업들도 마찬가지라고 한다.

지금까지 우리나라가 IT 분야에서 나름대로 강세를 보일 수 있었던 건 막강한 제조업 실력에 기반한 하드웨어 경쟁력 덕분이었다. 그러나 소프트웨어 경쟁으로 패러다임이 바뀌고 있는데도 우리의 소프트웨어 경쟁력은 다른 선진국들에 아직 미치지 못하고 있다. 이렇게 된 가장 큰 이유 두 가지는 눈에 보이고 만질 수 있는 하드웨어를 보이지 않는 소프트웨어보다 더 가치 있게 평가하는 우리나라의 문화, 그리고 소프트웨어 산업이 자리 잡기 힘들게 만드는 대기업 그룹 위주의 산업 구조 때문이다. 이 부분에 대한 근본적인 처방 없이는 단기간에 우리의 소프트웨어 경쟁력이 높아지기는 힘든 상황이다.

둘째, '협업 경쟁'의 시대가 왔다. 혼자서 모든 것을 해결하기보다는 부족한 부분은 다른 회사와의 협업을 통해 해결하고 동시에 새로운 가치를 창출하는 것이다. 예전에는 회사 대 회사의 일대일 경쟁이었다면 이제는 함께 일하는 연합군의 규모가 어디가 더 큰가로 경쟁하는 것이다. 이를 위해서 자신들이 가진 기능API을 다른 회사들에서도 쓸 수 있도록 개방하고, 수익을 공유하는 사업 모델과 데이터 공유를 위한 표준화 작업도 꼭 해야 한다. 예를 들어, 몸의 온도를 측정하거나 맥박의 숫자를 기록할 때 어떤 형식으로 어떤 단위를 써야 할지 표준을 정해놓으면 서로 다른 회사의 기기 간에 소통이 가능하고 협업이 가능해지는 것이다. 표준화 작업 자체도 혼자서 정한다고 되는 것이 아니다. 서로 다른 수많은 회사나 이해관계자 들을 설득해야 실제로 많은 사람들이 사용하는 표준이 된다는 점에서 가장 난이도가 높은 협업 경쟁이라고 할 수 있다.

셋째, '벤처기업 간의 혁신 경쟁'이 일어나고 있다. 전 세계 혁신에 대한 연구 결과에 따르면, 20퍼센트 정도의 혁신이 대기업에서 일어나고, 나머지 80퍼센트 정도의 혁신이 중소기업과 벤처기업에서 일어난다. 초창기에는 투자 여력이 있는 대기업에서 혁신을 주도했지만, 이제는 여러 벤처기업에서 다양한 시도를 통해 그중에서 살아남은 혁신이 세상을 바꾸고 있다. 몇 년 사이에 가장 눈에 띄는 변화 중의 하나가 중국 기업들의 부상이다. 중국 대기업들의 발전도 놀랍지만 전시회에 참가하는 중국 중소기업, 벤처기업들의 숫자가 엄청나게 늘었다. 이러한 다양한 시도 가운데 새로운 대기업이 계속 탄생하는 것이다.

문제는 이러한 세 가지 커다란 패러다임 변화가 진행되는 방향이 우리나라가 익숙한 방식과는 거리가 멀다는 것이다. 우리는 소프트웨어보다는 하드웨어에 강하고, 협업

보다는 단독 플레이에 익숙하며, 벤처 기업을 키우기보다는 대기업 위주의 경쟁력으로 승부해왔다. 그러나 익숙하고 편안한 방식에만 안주하고 머물러 있다가는 결국 뒤처질 수밖에 없다.

사람은 자기가 아는 만큼 볼 수 있다. 모르면 아예 보이지 않는다. 관심을 가지고 끊임없이 공부하지 않으면 세상이 얼마나 빨리 바뀌는지를 알지 못한다. 모르고 마음 편안히 있는 상황에서도 세상은 계속 바뀐다. 바뀐 것을 깨달았을 때는 이미 따라잡을 수 없을 정도로 뒤처져 있게 되는 것이다. 몰라서 보이지 않는 것이지, 세상은 지금도 빛의 속도로 바뀌고 있는 중이다.

우리는 지금까지 몇 번의 고비를 기회로 바꾼 저력이 있다. IMF 외환 위기는 힘을 모아 가장 먼저 극복했으며, 위기를 겪고 살아남은 대기업은 글로벌 대기업으로 거듭나는 계기를 만들었다. 문제가 있다는 것을 깨닫는 것이 문제해결의 시작이다. 시작이 반이라는 말이 있듯이, 문제를 깨닫는다면 이미 반 정도는 그 문제를 해결한 것이다. 다시 한 번 더 경각심을 가지고, 세상이 어떻게 바뀌는가에 촉각을 곤두세우고, 기업과 정부가 적절한 역할 분담을 통해 패러다임의 변화에 대해 슬기롭게 대처해나가야 할 것이다

농업은 경제적 관점으로만 접근해서는 안 된다

스페인의 농업은 잘될 수밖에 없는 구조다. 스페인은 좋은 기후와 비옥하고 넓은 영토에 더해서, EU가 허용하는 한도 내에서 농업에 대해 최대한의 지원을 아끼지 않기 때문이다. 2014~20년 120억 1,000만 유로(약 15조 5,000억 원)를 농업에 지원하고, 같은 기간 유럽농촌지역개발기금FEADER 중 81억 1,400만 유로(약 10조 5,000억 원)를 17개 지방에 지원할 계획이라고 한다. 역시 같은 기간 동안 농촌개발프로그램PDRs을 통해 농업의 경쟁력 향상, 기후 변화 대응과 천연자원의 지속 가능한 관리 및 확보, 균형 있는 국토 개발 계획에 힘쓰고 있다.

이와 비교했을 때 우리나라의 농업은 어느 방향으로 나아가고 있는가? 현재 우리나라의 식량자급률은 OECD 국가 중 꼴찌이다. 한국 농업의 위기이자 국가의 위기라고 하지 않을 수 없다. 이러한 위기는 농업을 너무 경제적인 관점으로만 바라보고 있기 때문일 것이다. 즉 지금 당장 국산 농산물보다 외국산 농산물을 수입하는 것이 더 싸다면 구태여 국산 농산물의 경쟁력을 높이는 노력을 하지 않았기 때문이다.

하지만 항상 시장 상황이 같으리라 장담할 수 없다. 상황에 따라 언제든 바뀔 수 있다. 수입 의존율이 높다는 것은 언제든 시장 가격에 휘둘릴 수 있다는 뜻이기도 하다. 이 얼마나 위험한 선택인가. 당장의 경제적 이익을 위해 우리 스스로의 생산 능력을 버리는 것은 언젠가 우리를 위협하는 부메랑으로 돌아올 것이다. 만약 지구 온난화로 악화된 이상 기온 현상이 갑자기 전 세계의 주요 곡물 생산지에서 동시다발적으로 일어나면 어떻게 될까? 가뭄이나 홍수 등으로 인해 농작물 생산량이 터무니없이 줄어든다고 생각해보자. 아주 끔찍한 난리가 날 것이다.

미래에는 더 큰 문제가 될 것이다. 지금 세계 인구는 78억 명이다. 2050년이 되면 100억 명으로 늘어날 것으로 예상된다. 이렇게 많은 사람들이 소비하는 식량은 엄청난 양이 될 것이다. 곡물 수요는 엄청난데 이상 기온 등으로 생산량이 급감하면 국제 곡물 가격이 폭등하고 식량은 무기와 같은 위력을 갖게 될 것이다. 그때는 '부르는 게 값'이 된다. 우리가 농업을 뒤로 미뤄두면 안 되는 이유가 여기에 있다. 우리 손으로 식량 문제를 직접 해결할 수 없다면, 식량자급률 꼴찌인 우리는 세계적인 식량 무기화 사태의 최대 피해자가 될 수 있다. 내가 예전부터 식량은 전기와 함께 장기적인 수급 계획에 포함되어야 한다고 주장해왔던 이유도 여기에 있다. 에너지는 장기적으로 생산과 소비를 잘 파악해서 우리가 소비하는 데 부족하지 않도록 미리미리 생산 계획을 세우고 있는데, 식량도 마찬가지로 접근해야 한다고 생각한다. 식량도 장기적인 생산량과 소비량을 파악해서 우리의 식량자급률을 꾸준히 높여야 한다.

그러면 어떻게 우리의 농업을 경쟁력 있게 만들 것인가? 스페인에서 다시 확인한 세 가지 키워드는 4차 산업 혁명과의 접목, 식품 산업으로의 발전, 협동조합이었다.

스페인 농림부는 농업에 대한 전통적인 지원 이외에도 다양한 4차 산업 혁명의 신기술을 적극적으로 활용하고 있었다. 인공위성을 이용하여 농지와 기후에 대한 정확한 정보를 모으고, 빅 데이터와 AI를 활용하여 농민들에게 언제 어디에 무엇을 기르면 될지 제안하고 앞으로 어떤 위험이 있을 수 있는지도 미리 알려준다. 드론 등 새로운 기기의 보급과 교육은 물론이며, 4차 산업 혁명의 주요 분야인 첨단 생명공학 기술을 활용하여 이상 기온에도 잘 견디고 병충해에도 강한 새로운 종을 개발해 널리 보급하고 있다. 우리도 보다 적극적으로 이러한 신기술의 도입이 필요하다. 적절한 첨단 기술의 도입은 농업을 4차 산업 혁명의 최대의 수혜자로 만들 수 있을 것이다.

또한 농산물에 부가가치를 더하는 식품 산업은 훨씬 더

경제 규모도 크고 많은 고용 창출이 가능한 유망 산업이자 미래 산업이다. 식품 산업으로의 발전의 대표적인 사례는 스페인 이외에도 네덜란드의 푸드 밸리Food Valley에서 찾을 수 있다. 네덜란드는 우리나라 면적의 40퍼센트밖에 되지 않는 작은 국토를 가지고 있지만 세계 2위의 농식품 수출국이다. 그 중심에는 농업 분야 최고의 대학인 바헤닝헌 대학 등 농업 관련 교육기관, 식품 관련 기업, 연구소 등이 모여 유기적으로 협력하는 푸드 밸리가 있다. 인재들이 모여 끊임없이 연구하고 혁신한 결과 식품 산업은 네덜란드를 먹여 살리는 산업으로 거듭날 수 있었다. 푸드 밸리는 정부, 대학, 산업 간의 협력이 좋은 결과를 만들어낸 대표적인 성공 사례이다. 우리도 이를 참고해서 한국형 식품 산업의 성공 사례를 만들어나가야 할 것이다.

마지막으로 언급하고 싶은 것이 농업 분야에서의 생산자 협동조합이다. 예전에 제주도의 귤 농가를 방문한 적이 있었다. 그때 농민이 말하기를, 바로 옆집의 농가와 경쟁 관계라는 것이다. 수확 시기도 비슷하고 출하 시기도 비슷하다 보니 고생해서 길러도 귤이 한꺼번에 많이 출하되어 제값을 받지 못한다는 것이다. 이런 상황을 해결할 수 있는 방법이 미국의 썬키스트와 같은 생산자 협동조합이다. 몬드라곤 협동조합과 함께 세계적으로 잘 알려진 협동조합의 대표적인 성공 사례이다. 썬키스트는 미국 캘리포니아 주와 애리조나 주에서 오렌지를 기르는 농민들이 모여서 만든 협동조합이다. 농민들이 같은 시기에 오렌지를 수확하더라도 조합에서 일단 모두 모은 다음에 출하 시기를 조절하기 때문에 가격 변동이 크지 않게 됨은 물론이며, 공동으로 품질을 관리하고 마케팅을 하면서 썬키스트는 질 좋은 오렌지의 대명사로 자리 잡게 되었다. 농민의 입장에서는 안정된 가격에 판매도 증가해서 좋고, 소비자도 질 좋은 과일을 규모의 경제에 따라 적정한 가격으로 살 수 있으니 서로 윈-윈이 아닐 수 없다. 무엇보다도 함께 고생하는 이웃집 농민 간의 경쟁 관계를 협력 관계로 바꾸어주는 의미가 크다고 생각한다.

우리도 농가의 소득 안정과 농산물 가격 안정이라는 두 마리 토끼를 고려한 정책이 필요하다. 다만 스페인의 사례처럼, 어떤 정책이든 제대로 된 실효성을 거두기 위해서는 정권이 바뀌더라도 꾸준히 실행될 수 있는 토대가 마련되어야 할 것이다.

　관광 산업은 본질적으로 일자리 창출 등의 경제 파급 효과가 높은 산업이다. OECD 보고서에 따르면 관광 산업은 OECD 국가 GDP의 4.2퍼센트, 고용의 6.9퍼센트, 서비스 수출의 21.7퍼센트를 차지할 정도로 비중이 높으며, 꾸준히 성장하고 있어서 2030년까지 전 세계 관광객 수는 18억 명에 달할 것이라고 한다. 특히 신흥 관광국을 방문하는 관광객 수가 선진 관광 국가에 비해 두 배 이상 성장할 것으로 예상된다고 하니, 우리 미래의 신성장 동력으로 삼기에 유망한 산업이다.

　관광이 활성화되기 위해서는 최소한 세 가지가 필수적이라고 생각한다. 관광 콘텐츠, 관광 인프라, 그리고 글로벌 홍보가 그것이다. 외국인들이 실제로 와서 볼만한 가치가 있다고 느끼게 하는 콘텐츠는 관광 산업의 기본에 해당한다. 가치가 있는 역사적 유물이나 자연환경도 '스토리'를 만들고 좀 더 개발하면 더 큰 부가가치를 만들 수 있는데 이런 소재들이 한반도 곳곳에 널려 있다. 이렇게 좋은 관광 콘텐츠를 개발하더라도 거기까지 편리하게 갈 수 있는 다양한 교통수단, 숙박 시설, 식당, 쇼핑 시설 등의 관광 인프라가 제대로 갖추어지지 않으면 관광객들이 가기도 어렵고 가더라도 많은 돈을 소비하지도 않아서 경제적 효과는 미미할 수밖에 없을 것이다. 글로벌 홍보 활동은 콘텐츠 개발만큼이나 중요하다. 알려지지 않으면 찾으려고 하지도 않는다. '관광 산업의 성과 = 좋은 관광 콘텐츠 x 홍보 능력'이다. 아무리 100점짜리 관광 콘텐츠가 있더라도 홍보 능력이 0점이라면 관광 산업의 성과는 0점인 것이다. 관광 콘텐츠의 좋은 스토리는 홍보 효과를 극대화할 수 있다.

빌바오 구겐하임 박물관을 보면서 이러한 활동이 제대로 구현된 곳이라는 생각이 들었다. 빌바오는 문화 도시로의 변신을 위한 전략을 짰고 치밀한 실행 계획을 세웠다. 그에 따라 적극적으로 구겐하임 박물관을 유치했다. 꽃으로 강아지 조형물을 만든 것도 매력적인 콘텐츠가 되었다. 옛 철강 산업 도시를 문화 도시로 탈바꿈시키기로 하고 박물관을 유치한 것 자체가 도시 재생의 스토리텔링 역할을 하고 세계에 널리 알리는 계기가 되었다. 경제적인 효과 이외에도 자신들의 손으로 성공을 맛본 주민들의 공동체 의식과 자신감은 값으로 환산할 수 없을 정도의 가치를 지닌 성과일 것이다.

나는 스페인 에너지 관광부에서 우리나라 관광 산업의 발전을 위해서 해줄 수 있는 조언이 없는지 물었다. 그러자 한국에는 방문객이 쉽게 떠올릴 수 있는 목적지로서의 이미지가 금방 떠오르지 않는다는 답변이 돌아왔다. 한마디로 '한국은 OOO다'에 해당하는 주제가 뚜렷하지 않아 아쉽다는 이야기다. 지금 '한국' 하면 '한류', '케이팝K-Pop'을 생각하는 사람들도 많지만, 그 주제가 관광이 되기 위해서는 구체적인 고민이 있어야 한다는 조언이었다.

우리도 관광 산업을 위해 애를 쓰긴 하지만 너무 획일화되어 있는 경우가 많다. 고궁 근처에선 한복을 입는 게 유행처럼 번지고, 한 동네에 벽화가 유명해지면 너도나도 비슷한 그림을 그려놓은 동네가 금세 여기저기 생겨 차별점이 없어지고 경쟁력도 사라진다. 음식을 주제로 특화한 거리 역시 한 음식이 인기를 얻으면 어느 순간 모두 똑같은 음식만 만드는 것도 계속 반복되는 문제이다.

관광 콘텐츠, 관광 인프라, 글로벌 홍보, 그리고 국가 이미지 향상에 대해서 정부와 민간이 각각 역할을 분담하여 노력을 경주해야 한다. 아무리 성공할 가능성이 높은 요소가 많더라도 '구슬도 꿰어야 보배'인 법이다.

국민이 건강 보험 보장률을 선택할 수 있다면?

스페인 국민은 공공 병원 및 공무원인 의사 덕분에 의료 보장 혜택을 폭넓게 받고 있다. 국가 공보험의 보장 범위가 넓기 때문에, 따로 사보험에 가입할 필요가 없다.

우리나라도 의료 제도는 비교적 잘되어 있지만, 보험료가 점점 부담스러워지고 있는 추세인 점은 부인하기 어렵다. 또한 직장 건강 보험에서 지역 건강 보험으로 넘어가는 경우에 소득이 아닌 재산으로 책정하는 보험료 때문에 말이 많은 것도 사실이다. 가장 큰 문제는 건강 보험의 보장 범위가 60퍼센트에 그친다는 점이다. 아파서 병원에 가면 진료비의 40퍼센트는 자기 돈을 내야 한다는 뜻이다. 따라서 많은 사람들이 사보험에 별도로 가입해서 추가로 보험료를 내고 있다. 사보험은 공보험에 비해 보험료가 높고 가입과 지급 조건도 까다롭지만 다른 방법이 없다. 생활비도 빠듯한데 아플 때를 대비해서 국가 건강 보험료와 민간 사보험료를 이중으로 부담하고 있는 것이다.

이렇게 이중으로 보험료를 부담하고 있는 국민들을 위해서 정부가 할 수 있는 일은 아무것도 없는 것일까? 일단 소규모의 정책 실험이 가능할 것이다. 일부 지역이나 일부 직장을 대상으로 80퍼센트를 보장해주는 건강 보험을 시험해보는 것이다. 물론 보험료는 더 내야 하겠지만, 공보험이기 때문에 사보험처럼 이익을 낼 필요가 없고 추가로 관리 비용이 들지 않으며 국가적인 규모의 경제를 가지기 때문에, 사보험에 가입했던 사람의 입장에서 훨씬 부담이 줄어들게 될 것이다. 또한 높은 보장률을 원하지 않거나 사보험에 가입하지 않았던 사람에게는 기존의 건강 보험을 선택할 수 있게 선택권을 주어야 할 것이다.

단, 보험료를 책정할 때 어느 한쪽을 선택한 사람이 상대적인 불이익을 받지 않도록 세심하고 투명하게 관리해야 할 것이다. 만약 이 시도가 성공한다면 그때 범위나 대상을 점진적으로 늘려가면서, 발생하는 문제점을 고쳐나가면 될 것이다. 가입자의 절대 다수가 한쪽을 선택한다면 보장률을 한 가지로 통일하는 것도 가능한 방법일 것이다.

물론 국민 건강 보험을 잘 운영하기 위해서는 극복해야 할 과제는 많다. 의료 분야는 시간이 지날수록 새로운 약과 새로운 치료 방법이 나오기 때문에 의료비가 계속 상승하고 있다. 평균 수명이 늘어나는 것도 축복인 동시에 위기이다. 미래를 내다보며 지속적으로 제도를 개선하고, 필요한 경우 과감한 정책 실험에 나서는 것이 우리 건강 보험의 지속 가능성을 담보할 수 있을 것이다.

직접 민주주의를 위해 더욱 투명한 IT 시스템이 절실하다

온라인으로 시민들의 의견을 수렴하는 플랫폼인 디사이드 마드리드를 보면서 직접 민주주의에 관한 생각을 다시 해보게 되었다. 직접 민주주의는 현재 지구촌의 커다란 쟁점 중 하나이다. 어느 나라건 기득권 정치 세력들은 감시와 견제가 없는 상황에서는 국민을 위한 정책을 세우는 게 아니라 자신들의 기득권을 지키기 위한 쪽으로 움직이기 때문이다. 이에 여러 나라의 국민들이 직접 광장이나 온라인으로 뛰쳐나와 목소리를 내기에 이르렀다.

2019년 유럽의회 선거를 앞두고 독일에서 당시 27세인 레초Rezo라는 파란색 머리의 유튜버가 기성 정치 세력에 대한 신랄한 비판을 담은 동영상을 올렸다. 55분 분량의 이 동영상에서 레초는 수많은 과학적인 증거를 제시하면서 독일의 집권 연정 세력이 지구 온난화에 대처하지 않고 부자들을 위한 정책을 펴면서 젊은 세대의 삶과 미래를 파괴하고 있다고 설득력 있고 열정적인 주장을 펼쳤다. 동영상은 올린 지 11일 만에 1,300만 명 이상의 조회수를 기록했으며, 선거 결과에서도 녹색당이 약진하는 등 큰 영향을 미쳤다. 내가 독일에서 살고 있을 때여서 주위의 독일인들에게 물어보니 안 본 사람이 거의 없을 정도였다. 소셜 미디어 시대

의 힘을 보여주는 사례이며, 참여하는 사람이 많아질수록 그 영향력은 더욱 확대될 것이다.

다만 이러한 참여가 더욱 긍정적인 역할을 하기 위해서는 투명한 IT 플랫폼이 꼭 필요하다. 한 사람의 100마디가 100명이 한 마디씩 하는 것과 같은 비중이어서는 곤란하다. 이것은 민주주의의 기본 정신에 반한다. 직접 민주주의 요소를 도입하기 위해 사람들의 의견을 모으는 IT 플랫폼은 이 점을 염두에 두어야 한다. 한 사람이 여러 개의 계정을 만들거나 컴퓨터의 매크로를 이용하여 자동으로 댓글을 쓰고 공감 버튼을 누르는 방법으로 여론 조작하는 일은 없어야 한다. 이를 방지하기 위해서는 실명을 쓰는 대신 실명은 보호해주면서 한 사람당 한 계정만 생성해주는 시스템을 만드는 등 프라이버시는 보호하면서 여론 왜곡의 부작용을 줄일 수 있는 더 좋은 방법을 도입해야 할 것이다.

스페인에서 만난 한 학자는 한국과 스페인은 비슷한 점이 참 많다고 했다. 하나하나 따져보니 정말 그렇다. 우선 경제 규모(한국 12위, 스페인 14위)와 인구 규모(한국 5,000만, 스페인 4,800만)가 비슷하다. 역사적으로는 외국의 침략과 식민지 억압을 당한 경험도 그렇고, 동족상잔(한국 전쟁과 스페인 내전)의 비극을 겪은 것도 그렇다. 민주화를 쟁취한 지 한 세대 정도 지났다는 공통점도 있다. 1988년 서울 올림픽과 1992년 바르셀로나 올림픽도 순차적으로 개최했으며, 심지어 1997년에는 한국이, 2012년에는 스페인이 IMF의 구제 금융을 받았던 아픈 경험도 겹친다. 우연도 이런 우연이 없다.

그런데 안타깝게도 국민이 느끼는 행복 지수는 하늘과 땅 차이로 느껴진다. 우리는 그동안 국가의 양적인 성장에만 초점을 맞춰온 게 사실이다. 이제는 국민의 행복을 질적으로 향상시키기 위해 다른 종류의 정책을 펼칠 때가 되었다. 아니 이미 늦었다. 지금부터라도 국가를 위해 개인이 희생하는 것이 아니라, 국가가 국민 개개인의 행복을 위해 노력해야 한다. 국가의 주인인 국민의 행복 지수가 높아지면 국가는 자연스럽게 부강해질 것이다.

참 아이러니한 것은 선거 때 후보들이 하는 말이다. 많은 경우에 '국민 여러분, 도와주십시오!'라고 호소한다. 말하는 후보자도 듣는 유권자도 당연한 것으로 여긴다. 그러나 이것은 거꾸로 된 생각이다. '제가 도와드리겠습니다!'라고 말해야 정상 아닐까? 국가가 국민을 보호하고, 정치인이 국민을 도와야 정상인 것이다. 이제는 국가와 국민이 서로 제자리를 찾을 때가 되었다고 생각한다. 이제는 우리 모두 생각을 바꾸어야 한다. 부강한 나라가 행복한 국민을 만드는 시대는 지났다. 행복한 국민이 부강한 나라를 만든다.

3부
개방과 공유는 생존의 기본 조건이다
핀란드

#리눅스#앵그리버드#행복#숲#바이오테크놀로지

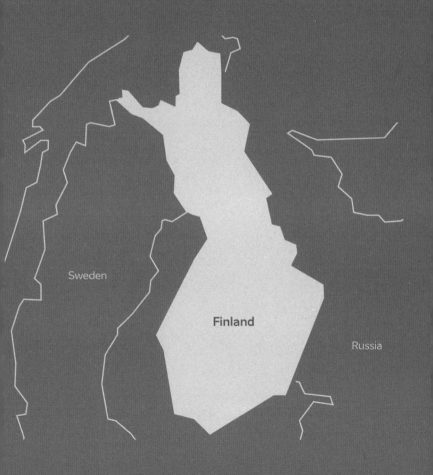

Sweden

Finland

Russia

한계와 위기를 극복하는
개방과 공유의 가치가 축적된 사회

핀란드를 방문하기 전에는 핀란드 하면 내게 떠오르는 이미지는 「카모메 식당」이었다. 나의 오랜 취미 중 하나가 영화 감상인데, 오래전에 이 영화를 보고 마음에 들어서 디브이디까지 산 적이 있었다. 핀란드로 이민 간 일본인 여성이 동네 식당을 열었다. 처음에는 손님이 없었으나, 일본을 좋아하는 핀란드 청년, 핀란드로 무작정 여행을 온 일본인, 남편과 불화가 있던 핀란드 여성, 일본 식당이 신기하기만 한 동네 주민들, 식당의 예전 주인 등 점차 다양한 사람들이 모여들었다. 식당 주인은 이 모든 사람들에게 넉넉한 마음으로 활짝 문을 열고 일자리를 주고 음식을 나눈다. 그 결과 곧 망할 것처럼 손님이 없던 카모메 식당이 마지막에는 손님으로 가득

차고, 영화는 이런 행복한 모습을 보여주며 끝을 맺는다.

이 영화를 보면서 핀란드에 대해서 가졌던 인상은 두 가지였다. 첫째는 '차분한 행복'이다. 스페인 하면 따뜻한 날씨에 가족이 모여 떠들썩한 분위기의 행복이 떠오르는데, 핀란드는 북구의 차가운 날씨와 어우러진 각자의 차분한 분위기의 행복이 떠오른다. 둘째는 '개방'과 '공유'이다. 낯선 사람에게도 마음을 열고 일자리와 음식을 나누는 모습에서 또 다른 행복을 찾아가는 방식을 느낄 수 있었다.

영화 속에서 핀란드 사람들의 행복 비결을 궁금해하는 일본인들의 대화를 듣고 핀란드 청년은 '숲'이 있기 때문이라고 말한다. 숲이야말로 개방과 공유 그 자체가 아니던가. 누구나 찾을 수 있고 모든 것을 내어주는 울창한 핀란드의 숲에서 사람들은 휴식을 취하고 충전을 하고 자연을 느낀다. 이러한 감사의 시간을 언제든 누릴 수 있을 뿐 아니라 자신의 경험을 다른 사람들과도 나누는 게 일상이니 행복하다고 느낄 수밖에.

또한 영화에서 몇 번 반복해서 나오는 "세상에는 아직 우리가 모르는 일들이 많아요"라는 대사도 기억에 남는다. 이 말은 진리와도 같다. 세상에서 일어나는 일들이나 새롭게 생겨나는 지식을 전부 아는 사람은 없다. 자기가 다 안다고 착각하기 때문에 문제가 생기는 것이다. 자신이 모른다는 것을 깨달을 때만이 비로소 열린 마음을 가질 수 있다. 그래야 무조건 옳다고 주장하는 아집에서 벗어나 다른 사람의 말도 귀담아 들을 수 있기 때문이다. 또한 상대방의 입장에서도 '잘 모르는 것을 알고 싶다'고 말하는 사람에게는 자신이 알고 있는 것을 기꺼이 나눌 수 있는 것이다. 개방하고 공유하는 사람은 손해 보는 것이 아니라 함께 발전할 수 있는 것도 그 때문일 것이다. 이러한 생각을 가지고 차분한 행복의 나라, 핀란드로 향했다.

핀란드의 수도 헬싱키의 도심 풍경과 사람들.

(왼쪽) 핀란드 북쪽 라플란드에서는 자유롭게 걸어 다니며 사람들을 겁내지 않는 순록을 볼 수 있었다. 야생 순록도 있고, 방목해 키우는 순록도 있다고 한다.
(오른쪽) 라플란드 거리를 걸으며.

내가 만난
핀란드

핀란드는 지구의 한 모서리에 있는 작은 나라다. 핀란드에 도착한 후 받은 첫인상은 깨끗하고 정돈되고 안정돼 있다는 느낌이었다. 핀란드는 인구가 우리나라의 10분의 1 정도인 550만 명이지만, 영토는 세 배 이상 크다. 남북으로 긴 직사각형 모양의 나라이며, 남쪽의 바닷가에 많은 사람들이 모여 살고 수도인 헬싱키도 여기에 있다. 북쪽에는 자연 상태 그대로의 원시림들이 잘 보존되어 있으며, 북쪽의 라플란드Lapland는 스키 리조트와 산타 마을로 전 세계 아이들에게 유명한 곳이다.

핀란드에서 제일 먼저 방문한 곳은 헬싱키 대학교였다. 웅장한 헬싱키 대성당 바로 옆에 위치한 헬싱키 대학교는 핀란드에서 가장 오래되고 가장 큰 대학으로, 3만 6,000명 정도의 학생이 공부하고 있는 곳이다. 학교의 역사를 소개해주는 교내 박물관을 둘러보다가 아주 친숙한 사람의 사진이 눈에 들어왔다. 바로 오픈 소스open source 컴퓨터 운영체제인 리눅스Linux OS를 만든 리누스 토발즈Linus Torvalds였다. 오픈 소스 소프트웨어란 누구나 소스 코드가 어떻게 만들어졌는지 알 수 있도록 '개방'하고, 누구나 더 좋은 아이디어가 있다면 개선해서 그 결과를 '공유'하는 소프트웨어를 말한다.

박물관을 방문하기 전까지는 미처 깨닫지 못했는데, 토발즈가 헬싱키 대학교 출신이었던 것이다. 헬싱키 대학 88학번인 그는 스물한 살이던 1991년 컴퓨터 시스템의 '영혼'에 해당하는 운영 체제를 만들어 무료로 배포함은 물론이고 소스 코드까지 공개했다. 이후 전 세계 전문가들이 힘을 합쳐 리눅스의 성능을 향상시켰고, 집단 지성의 힘으로 상업용 소프트웨어 못지않은 성능을 발휘하게 되었다. 개방과 공유의 힘이 막연한 이상이 아니라 실제로 구현할 수 있는 것임을 현장에서 증명한 것이다.

Linus Torvalds.

Linus – Linux

Linus Torvalds (s. 1969) aloitti tietojenkäsittelyopin opiskelun Helsingin yliopistossa 1988. Opiskeluaikanaan hän suunnitteli kotikoneelleen oman Unix-version, josta kehittyi Linux-käyttö-järjestelmä. Sen myötä alkoi avoimen koodin (open source) ohjelmistojen kehittäminen. Torvaldsille on myönnetty Helsingin ja Tukholman yliopistoissa filosofian kunniatohtorin arvo, ja hänen mukaansa on nimetty asteroideja: 9793 Torvalds ja 9885 Linux.

—

Linus Torvalds (f. 1969) inledde studier i datavetenskap vid Helsingfors universitet 1988. Under studietiden utvecklade han en egen version av Unix för sin hemdator som småningom blev operativsystemet Linux. Härifrån startade utvecklingen av program med öppen källkod (open source). Torvalds har tilldelats filosofie hedersdoktors grad vid Helsingfors och Stockholms universitet och har fått två asteroider uppkallade efter sig: 9793 Torvalds ja 9885 Linux.

—

Linus Torvalds (born 1969) began to study computer science at the University of Helsinki in 1988. While still a student, he designed a version of Unix on his home computer. This version later evolved into the Linux operating system and launched the development of open-source software. Torvalds has received honorary doctorates in philosophy from the universities of Helsinki and Stockholm. Two asteroids have also been named after him: 9793 Torvalds and 9885 Linux.

헬싱키 대학에 전시된 리누스 토발즈의 사진.

불과 스물한 살의 청년이 빌 게이츠처럼 부자가 될 수 있는 기회를 포기하고 그 대신 개방과 공유라는 가치를 선택한 배경이 궁금했다. 그는 자서전 『리눅스, 그냥 재미로』에서 책 제목 그대로 그냥 재미로 리눅스를 공유했다고 말한다. 그러면서 "다른 사람과 공유할 때 나의 업적이 더 잘 이용된다고 생각한다"고 덧붙였다. 선배 과학자들의 업적이 있었기에 자신도 그 위에서 리눅스를 만들 수 있었다며, 다른 사람들도 자신의 성과를 바탕으로 다른 더 좋은 것을 만들 수 있기를 바란다고 밝혔다. 또한 그는 '핀란드의 문화'를 거론하기도 했다.

어쩌면 척박한 환경 속에서 핀란드가 살아남기 위해 자연스럽게 터득한 개방과 공유라는 가치 속에서, 리눅스라는 개방과 공유의 소프트웨어가 탄생한 것은 너무나 자연스러운 일이라는 생각이 들었다.

비즈니스 핀란드

다음으로 방문한 곳은 비즈니스 핀란드Business Finland였다. 고용 경제부 산하의 정부 기관인 비즈니스 핀란드는 핀란드의 기업들이 혁신할 수 있도록 지원하고 해외 진출을 도와주는 곳이다. 우리나라의 코트라KOTRA처럼 해외에도 많은 사무소를 두고 있으며, 주한 핀란드 대사관에도 '비즈니스 핀란드 한국 지부'가 입주해 있다. 유럽에서 여름 휴가철에는 사무실이 텅텅 비는 것이 보통인데, 미리 약속을 잡은 덕분에 주요 책임자들이 직접 나와서 핀란드의 정보통신산업과 의료산업에 대한 깊이 있는 이야기를 나눌 수 있었다.

핀란드의 대표적인 기업은 '노키아'였다. 노키아는 1865년 제지업으로 시작해서 고무와 케이블 생산을 주업으로 하다가 정보통신 분야에서 큰 성공을 거둔 세계적인 기업이다. 한때 세계 휴대전화 시장 점유율 1위를 차지하기도 했지만, 애플의 아이폰과 삼성 갤럭시 등에 밀리기 시작하면서 한순간에 무너져 핀란드 국가 경제 전체에 영향을 미쳤다. 국가의 대표 기업이 휘청하자 국가 전체의 세수와 고용이 타격을 받았고, 세계 경제 위기와 유럽 금융 위기가 잇따라 닥치면서 핀란드의 주력 산업은 위기에 봉착했다.

핀란드 정부는 노키아 사태를 겪으면서 대기업에만 의존하는 경제의 위험성을 깨닫고 창업과 중소기업에 대한 대대적인 투자와 지원을 시작했다. 청년 실업에 대해서는 인터넷과 모바일을 활용한 창업으로 돌파구를 찾으려고 했다. 창업과 관련해 정부는 규제와 간섭을 줄이는 일에 집중했다. 정부가 앞장서서 도와준다며 일일이 간섭하는 것이 아니라 창업자들이 자유롭게 역량을 펼칠 수 있는 환경을 만드는 일에 집중하고, 창업자들은 스스로 시도하고 부딪쳐보아서 성공하든 실패하든 결과를 만들어내게 한 것이다. 비즈니스 핀란드의 책임자들에 따르면, 정부가 지원하는 창업 기업들은 대부분 실패로 끝난다. 하지만 그중 일부가 살아남는 것만으로도 좋은 일자리를 만드는 데 큰 기여를 한다고 한다.

그 결과 모바일 게임의 전설인 '앵그리 버드'를 만든 '로비오'Rovio나 '클래시 오브 클랜'을 만든 '슈퍼셀'Supercell 등 수많은 벤처 기업이 탄생했다. 핀란드를 세계에 널리 알린 차세대 기업들이 등장한 것이다. 노키아가 어려워져서 퇴직할 수밖에 없었던 최고급 엔지니어들이 창업에 나선 것도 성공 확률을 높였다. 핀란드 청년들의 목표도 불과 10여 년 만에 대기업 취업에서 창업으로 바뀌게 되었다. 이런 흐름이 전체 경제에 미치는 효과는 매우 커서 핀란드는 지난 2017~18년에 2퍼센트 후반대의 성장률을 보이며 유럽 평균을 뛰어넘었다.

핀란드의 의료 산업에 대해서도 책임자가 나와서 자세한 설명을 해주었다. 그는 내가 미리 보낸 이력을 보고 의사 출신임을 알고서 편하게 전문 용어를 썼고 덕분에 편하게 이야기할 수 있었다. 가장 인상적인 것은 '핀젠FinnGen 프로젝트'였다.

'핀젠 프로젝트'란, '2017년에 시작한, 국가에서 추진하는 인간 게놈genome 빅 데이터 수집' 사업으로, 개인의 프라이버시는 보호하면서 국민 열 명 중 한 명꼴인 50만 명의 유전자 정보를 6년에 걸쳐 수집하고 분석해 빅 데이터를 의학 발전에 사용하겠다는 프로젝트이다. 참으로 야심 찬 계획이 아닐 수 없다.

핀란드는 유럽에서 상대적으로 인종과 민족의 구성이 단순해 유전되는 질병을 파악하는 데 유리한 조건이다. 개인의 건강 정보와 유전자 정보는 가장 예민한 프라이버시 영역이라고 할 수 있지만, 이 프로젝트에는 국민들이 자발적으로 동참하고 있다고 한다. 심지어 한 개인뿐 아니라 몇 대에 걸친 가족들의 유전자 정보를 모으는 일에 참여한 가구도 있었다. 국민들은 사회적 비용을 줄이고 신약 개발 등 제약 및 바이오산업의 생태계를 키울 수 있다는 공동의 이익 앞에서 국가를 믿고 개인 정보를 제공한 것이다.

사실 빅 데이터 활성화와 개인 정보 제공은 양날의 칼과 같아서 좋은 쪽으로 쓰이면 약이 되지만 잘못하면 심장을 찌르는 무기가 될 수도 있다. 그렇다고 프라이버시 보호를 위해 무조건 막는 것이 능사는 아니다. 전 세계적인 경쟁에서 뒤처질 수밖에 없기 때문이다. 이 문제는 4차 산업 혁명 시대에 국가의 운명을 결정하는 가장 중요한 미래 담론의 하나인 만큼, 지속적으로 관심을 가지고 지혜를 모으는 것이 시급하다. 우리에게 남은 시간은 많지 않다.

센서블 4와 마리아 01

헬싱키에는 신생 벤처 기업과 그들에게 공간을 제공하는 창업 보육 센터들이 많다. 그중에서 비즈니스 핀란드에서 추천하는 곳을 방문했다.

센서블 4Sensible 4는 어떤 기후 조건에서도 잘 작동하는 자율 주행 자동차를 개발하는 벤처 기업이다. 젊은 사람들이 아니라 업계 경력이 많은 노련한 기술자들이 모여 창업한 회사라는 점에 눈길이 갔다. 아직은 작은 기업이지만, 이미 기술도 가지고 있고 업계 상황도 잘 아는 사람들이 창업한 덕분인지 개발은 순조롭게 진행되고 있었다. 내가 방문했을 때는, 폭설이 내리면 스스로 눈을 치우는 1인승 자율 주행 자동차를 개발하고 있었다. 물론 핀란드의 자율 주행 자동차 기술이 세계 최고라고 할 수는 없다. 하지만 워낙 눈이 많이 오기 때문에 자연적인 악천후를 역이용해서 눈길을 달리거나 눈을 치우는 자율 주행 자동차 개발은 세계 최고가 될 수 있다는 것이 그들의 설명이었다. 불리한 여건을

기회로 만드는 것이다.

또한 핀란드의 법과 제도가 잘 정비되어 있어서, 신기술 개발에 걸림돌이 되지 않고 자유롭게 여러 가지 시도를 할 수 있다고 한다. 법 개정이 필요한 경우에도 업계에서 요구하면 맨 먼저 처리된다는 것이다. 함께 대화를 나눈 뒤에 이미 개발된 2인승 차량을 타보았다. 만약의 경우를 대비해 차를 개발한 기술자가 앞좌석에 타고, 나는 뒷좌석에 앉았을 뿐, 기술자의 조작 없이 멀리까지 갔다 올 수 있었다. 꽤나 안정된 주행이 인상 깊었다.

마리아 01Maria 01은 신생 벤처 기업에게 공간을 제공하는 인큐베이터 중 하나이다. 방문 당시에는 719개의 신생 기업이 이 공간을 활용하고 있었다. 특징은 과거에 병원으로 쓰던 건물들을 재활용해 인큐베이터로 쓴다는 점이었다. 병원의 수술실이나 병원용 엘리베이터가 그대로 있는데, 외과 수술실의 문을 열면 한 회사의 직원들이 열심히 일하고 있는 식이다. 활력 넘치는 사람들이 바쁘게 오가는 모습을 보면서, 이러한 기운이 모이고 모여서 활기찬 국가를 만드는 것이라는 생각이 들었다.

마리아 01 건물 입구에 들어서면 'NOT A HOSPITAL'이라는 문구가 적힌 표지판이 보인다. '마리아'라는 이름은 원래 이 건물이 병원이었던 데서 유래했으며, 오래된 병원 건물을 개조해 창업 보육 센터로 만들었다고 한다.

(위) 창업 보육 센터에 입주한 기업들의 이름.
(아래) 병원 시절 쓰던 수술실의 문을 그대로 유지한 채 내부를 개조해서 사무실로 쓰고 있었다.

생긴 지 얼마 안 된 무인 자동차 회사 센서블 4. 무인 자동차 시승을 하면서 나는 뒷자석에 타고 만약의 경우를 대비해 앞에 다른 사람이 탔다. 자동차 밖에서 내 옆에 있는 사람이 기술자이고, 건너편에 있는 사람이 회사의 CEO다.

핀란드에서
배운 것들

개방과 공유는 모두 함께 사는 길이다

핀란드는 인구 550만 명의 작은 나라이다 보니 스웨덴과 러시아 등 강대국에 둘러싸여 이리저리 치이느라 살아남는 것이 굉장히 중요한 과제였다. 작은 인구와 작은 내수 시장 환경에서 생존하기 위해서 찾아낸 방법이 개방과 공유였을 것이다. 힘들게 알아낸 노하우를 혼자서 활용하고 독점해봐야 발전시킬 인력이 부족하고 판매할 시장도 없는 상황이라면, 오히려 개방하고 공유함으로써 다른 나라 인재들의 힘을 빌려 더욱 빠르게 발전시키는 편이 더 나을 것이다. 세계화의 추세 속에서 더욱 강점을 발휘하는 선택이라고 할 수 있다.

돌궐의 명장 톤유쿠크Tonyuquq의 비문에 새겨진 "성을 쌓으면 망하고, 길을 뚫으면 흥한다"는 말도 같은 맥락이다. 고대 로마와 중국 진나라도 좋은 예가 될 것이다. 로마 제국을 지속시킨 힘은 이방인도 차별 없이 시민으로 받아들이고 다문화를 인정했던 개방과 관용의 덕에서 나왔고, 중국 최초로 천하를 통일했던 진나라가 망한 이유는 만리장성이라는 벽을 쌓았기 때문이라는 말은 시사하는 바가 크다.

우리도 이러한 이야기를 알고는 있지만 실천까지 이르는 경우는 드물다. 전 세계 전문가들이 참여하는 오픈 소스 소프트웨어의 경우도 우리나라는 가져다 쓰는 빈도에 비해 개선 등의 공헌도는 낮은 실정이다. 반면 핀란드는 이를 직접 실천하고 있는 나라다. 개방과 공유를 적극 활용함으로써 다 함께 잘사는 길을 선택한 것이다.

독일에서 지내는 1년 동안 나는 유럽인들의 실천형 지식에 놀랄 때가 많았다. 과학적 근거에 바탕을 둔 토론이 일상적이고, 자신과 생각이 다른 사람들의 입장도 인정할 줄 알았다. '생각이 다른 것'과 '생각이 틀린 것'을 구별할 줄 알았다. 추상적인 토론에 매몰되는 게 아니라 역사의 지혜와 교훈을 실생활에서 어떻게 적용할지 구체적인 문제의식을 지니고 있다는 점도 남달랐다.

핀란드는 여기서 한 걸음 더 나아가 나라 전체가 개방과 공유에 아주 적극적이며 이를 행동으로 옮기는 실행력도 뛰어나다. 그래서인지 핀란드는 전 세계에서 가장 행복한 나라로 손꼽힌다. 교육 수준과 헬스 케어 분야에서 세계 1위이며, 창업 국가와 혁신 국가로 나아가는 데 필요한 선진적인 법과 제도의 마련 부문에서도 1위이다. 개방과 공유로 인해 여러 변화가 수시로 일어나 혼란스러울 것 같지만, 오히려 유연한 태도와 자세를 가짐으로써 안정된 사회를 유지하는 것으로 보인다.

나는 핀란드를 여행하면서, 살기 위해 개방할 수밖에 없고 더불어 지내기 위해 공유할 수밖에 없었던 핀란드 사람들의 선택이 나라를 강하게 만들었다고 생각했다. 그리고 개방과 공유에 익숙하지 않은 우리나라의 현실을 떠올리지 않을 수 없었다. 상대를 믿지 못하고, 개방하면 나만 손해 본다는 피해 의식에 사로잡혀 있는 것이다. 그러나 이제 혼자서 잘 살 수 있는 시대는 지났다. 열린 마음과 태도로 문제를 바라보고 소통할 수 있는 문화가 절실하다. 이제는 시대적 난제를 해결하기 위한 개방과 공유의 철학이 필요하다. 우리에게 부족한 것은 기술이 아니라 철학이다.

자율은 창의력과 행복의 기본 조건이다

하고 싶은 일을 할 수 있도록 '적극적으로 환경을 만들어 주는 곳'과 문제가 생길 것에 대비해서 미리 '여러 규제를 만든 곳' 중 어디를 선택할 것인지 묻는다면 누구라도 전자라고 답할 것이다. 이 당연한 질문과 답은 안타깝게도 핀란드와 한국의 대비되는 상황에 대한 것이라고 할 수 있다.

자율과 창의력의 관계에 대한 좋은 예로 초창기 벤처기업의 일하는 방식을 들 수 있다. 거칠게 나누자면 수직적 조직과 수평적 조직으로 나눌 수 있다. 수직적 조직은 사장이 모든 일을 결정하고 직원들은 군말 없이 그 일을 수행한다. 결정과 실행 속도가 빠르고 특히 제조업의 경우에는 생산성을 높이고 결함을 줄이는 데 효과적이다. 그러나 그 기업의 창의력은 전적으로 사장 한 사람에게 의지하게 된다. 인간관계는 상대적인 것이어서 한쪽이 적극적이면 다른 쪽은 수동적이 된다. 한쪽에서 일방적으로 명령을 내리면 다른 쪽에서는 수동적으로 그 말을 따를 뿐 적극적이고 주체적으로 새로운 아이디어를 내지 않게 된다. 따라서 그 기업의 성장은 전적으로 사장 한 사람의 능력에 따라 좌우된다. 또한 현장에서 문제가 생길 때 담당자가 결정 권한이 없어 스스로 행동하지 않고 사장이나 부서장에게 물어보게 되니 대응이 느릴 수밖에 없다. 복잡한 현장 상황에서 멀리 떨어진 사람이 결정하게 되면 잘못된 판단으로 일을 더 그르칠 가능성도 많다.

이와 다른 방식은 수평적 조직이다. 함께 아이디어를 내고 함께 결정하는 것이다. 이 경우에 사장은 하는 역할만 다를 뿐, 모두 함께 일하는 동료라고 생각하는 마음을 가지고 있다. 한 직원이 엉뚱한 아이디어를 내놓더라도 핀잔주지 않고 하고 싶은 말은 얼마든지 할 수 있는 분위기를 만들어야 한다. 이런 과정을 통해 직원들은 적극적이고 주체적으로 창의력을 발휘해서 새로운 아이디어를 내놓는다. 또한 현장에서 문제가 생겼을 때도 담당자가 권한을 가지고 빨리 대응해서 피해를 최소화할 수 있다. 이 경우 기업은 참여한 모두의 능력을 합한 만큼 성장할 수 있는 것이다.

이와 같이 사람들은 스스로 판단하고 행동할 수 있는 자율성이 주어져야 창의력을 발휘할 수 있다. 조직에서 높은 사람이, 또는 국가에서 정부가 모든 규칙을 만들고 모든 결정을 하는 상황에서는 창의력이 발휘될 여지가 없다. 국가주의적 사고방식으로는 노벨상을 받을 수도 없고, 벤처산업이 성공할 수도 없는 것이다.

정부가 할 일은 핀란드처럼 창업자들이 자유롭게 역량을 펼칠 수 있는 환경을 만드는 데 집중하는 것이다. 창업자들이 자율성을 가지고 스스로 시도하고 부딪칠 수 있을 때만이 창의적인 벤처 기업들이 탄생할 수 있을 것이다.

또한 자율은 행복과 직결된다. 개인이 하고 싶은 일을 원하는 대로 할 수 있도록 하는 분위기가 '행복한 국민'을 만든다. 많은 사람들이 핀란드에 대해 가장 부러워하는 것은 세계 최고의 행복 국가라는 점일 것이다. 세계경제포럼은 행복 국가 핀란드에 대해 개인의 '자유'와 연결된 사회 안전망, 그리고 일과 삶의 좋은 균형이 그 비결이라고 언급한 적이 있다. 자율성을 주고 존중하는 태도를 보여준다면 일하면서 불행하다고 느낄 사람은 없을 것이다.

한마디로 행복은 '삶의 자율성'에서 비롯된다. 누군가의 지시에 의해서만 일하거나, 하고 싶은 일을 여러 규제에 묶여 제대로 시작도 못 하게 되면 행복과 멀어질 수밖에 없다. 우리 모두는 자신이 좋아하는 일과 잘하는 일, 하고 싶은 일을 고를 수 있어야 하며, 자신의 선택이 틀렸거나 실패한다 해도 인생의 패배자나 낙오자로 전락하지 않는다는 믿음이 있어야 한다. 미래의 삶을 설계하는 과정에서 두려움 없이 다양한 선택을 할 수 있도록 사회 안전망을 촘촘하고 튼튼하게 하는 것이 국민을 자유롭고 행복하게 하는 국가의 역할이라고 생각한다.

그러나 우리나라는 이러한 분위기가 형성되어 있지 않

다. 나라는 성공했어도 국민은 행복하지 않다. 이미 번 아웃에 이르고 탈진한 상황에서는 아무런 의욕도 불러일으키지 못한다. 지금 우리는 선택의 기로에 서 있다. 성공하고도 불행하다면 그건 내가 원했던 게 아니었기 때문일 것이다. 자율성이 결여된 채 일을 해도 존중 받지 못하는 삶을 지속해야 한다면 어느 누가 행복하다 말할 수 있을까.

유엔이 발표한 '2019 세계행복보고서'에 따르면 한국은 행복 순위에서 156개국 가운데 54위다. 9위인 기대 수명과 27위인 1인당 국민소득은 높은 편이었지만, 사회적 자유 분야는 144위로 최하위권에 처져 있다. 너무 가슴 아픈 현실이다. '사회적 자유'는 "당신은 당신의 인생에서 무엇을 해야 할지 선택하는 자유 정도에 만족하느냐"는 질문에 대한 답변으로 평가된다. 144위라는 순위는 우리나라 사람들이 자신의 인생에서 스스로 선택할 수 있는 자유가 거의 없다고 느낀다는 것을 증명해주는 셈이다. 너도나도 의사나 변호사, 대기업 정규직과 공무원만 되려고 하는 사회라면 분명 정상은 아닐 것이다.

개인이 자유롭게 역량을 발휘할 수 있는 사회를 만드는 것이 국가의 역할이다. 국민 스스로가 삶의 주인공으로 살며 스스로 책임질 수 있도록 기반을 닦고 지원하는 것도 국가의 일이다. 이를 위해서 국민의 자율성과 선택을 존중해야 하며, 하고 싶은 일을 해도 먹고살 수 있도록 일자리 개혁을 이루어야 하며, 도전해서 실패하더라도 재기할 수 있는 사회적 안전망을 마련해야 한다. 완벽하지는 않더라도 이 세 가지를 갖춰나가는 모습을 보일 때만이 국민은 다시 정부를 신뢰하고 다시 우리의 미래에 대한 희망을 가질 수 있을 것이다.

어려운 환경을 기회로 만드는 것이 도전 정신이다

에스토니아의 도전 정신은 실패하더라도 그 경험을 축적해서 앞으로 나아가는 데 있다면, 핀란드의 도전 정신은 여러 악조건을 이겨내고 극복하는 데 있다. 핀란드는 1년의 절반이 눈 내리는 추운 겨울이고 일조량도 적다. 역사적으로도 주변 강대국들 속에서 생존의 위협을 받으며 약소국으로서 비애도 많이 겪었다. 이러한 상황 속에서 핀란드가 도전 정신으로 무장한 건 어쩌면 필수적인 선택이 아니었을까 싶다.

앞에서도 언급했지만, 우선 핀란드는 작은 인구와 내수 시장을 극복하기 위해 과감하게 개방과 공유에 나섰다. 리눅스의 성공도 이러한 역사와 문화에서 나올 수 있었던 것이다. 또한 국내 시장이 작다 보니 벤처 기업들은 처음부터 글로벌 시장을 목표로 할 수밖에 없었다. 다른 선택의 여지가 없는 셈이지만, 성공한 기업들은 처음부터 세계적으로 잘 알려진 글로벌 기업으로 자연스럽게 안착할 수 있었다. 스타트업 국가라고 불리는 이스라엘도 같은 경우이다.

적은 일조량과 폭설 등의 악천후를 오히려 기회로 삼아 눈길을 가장 잘 달리는 자율 주행 자동차를 개발하는 것도 같은 맥락이다. 그 결과 핀란드에서는 2017년 12월 폭설에 덮여 차선이 보이지 않는 눈길을 시속 40킬로미터 속도로 달리는 자율 주행 자동차 개발에 성공했다. 연구 개발 지원 인프라가 잘 갖추어져 있고, 법과 제도가 잘 뒷받침하고 있는 것도 한몫을 했다.

핀란드는 거인이 무너진 위기를 수많은 '작은 영웅'을 키워냄으로써 새로운 기회로 만들어냈다. 어려울 때 어떤 선택을 하는지가 국운을 결정한다는 말이 있는데, 핀란드의 선택은 바로 어려운 환경을 기회로 만드는 도전 정신에 바탕을 두었던 것이다.

미래를 대비하는 가장 중요한 것은 교육 개혁이다

대부분 사람들은 불확실한 미래를 두려워하고, 하루가 다르게 급변하는 4차 산업 혁명 시대에 어떻게 대처하면 좋을지 걱정이 많다. 이러한 고민을 해결해줄 수 있는 건 단 하나, 바로 교육이다. 교육만이 미래의 변화에 능동적으로 헤쳐 나갈 수 있도록 해준다. 단, 지금의 우리나라 교육으로는 안 된다.

오늘날의 핀란드를 있게 한 근원적인 힘도 교육에서 나왔다. 핀란드는 1970년대 초부터 교육 개혁을 추진했다. 정권이 바뀌어도 개혁의 방향은 바뀌지 않았다. 그 결과 20년이 지난 1990년대부터 그 효과가 나타나기 시작했다.

핀란드 교육은 양보다 질을 중시한다. 정규교육 및 보충 수업, 과외 수업 등 총학습량이 한국은 17.2시간인데 핀란드는 5시간에 불과하다. 핀란드는 학교 교육 시간이 우리나라의 3분의 1도 안 되지만 성적은 월등하다. OECD 국가들의 국제적 교육 수준을 나타내는 지표인 피사 테스트Pisa test에서도 우수한 성적을 자랑한다. 제2 외국어도 여러 개를 구사하는 아이들이 많다. 누워서 영화를 보는 게 전부인 것 같은데 대부분 국민들이 영어도 유창하다. 핀란드 외교관들은 기본적으로 대여섯 개 외국어에 능통하다. 특허, 산업 디자인, R&D 성과 등 혁신 지수에서도 세계 최상위권이다.

오래전 핀란드의 교육을 주제로 한 다큐멘터리를 본 적이 있었다. 그 영상에서 핀란드 아이들은 과목의 경계가 사라진 교육을 받고 있었다. 미술과 과학을 접목한 수업이 이뤄지는 식이었다. 아이들은 놀이처럼 즐기며 그림을 그리지만 물감 등의 미술 도구를 활용해 화학작용이 일어나는 실험도 병행했다. 그야말로 학교 수업마저 개방과 공유가 이뤄지는 현장이었다. 핀란드 아이들은 아주 자연스럽게 자신이 원하는 방식으로 창의적으로 사고할 수 있는 교육을 받는다. 다양한 교과목을 자유롭게 결합하는 개방적인 수업 덕분에 자율적인 학습도 가능한 것이리라. 암기력이 아니라 통합적이고 실용적인 사고력을 키우는 교육이야말로 아이들을 글로벌 인재로 키우는 비결일 것이다.

결과에 대한 평가 방법도 다르다. 학생들 중 누가 높은 점수를 받았는지를 보는 상대평가를 통해 서로 경쟁하게 하는 것이 아니라, 학생 한 사람 한 사람이 그전보다 얼마나 나아졌나로 평가한다. 체육 같은 경우에 학기말에 100미터 달리기로 전체 학생들 등수를 매기는 것이 아니라, 학기 초 기록보다 학기 말 기록이 얼마나 나아졌나를 보고 평가하는 것이다. 이러한 개인별 성취의 절대 평가는 아이들이 더욱 발전하고 싶게 만드는 원동력이 된다. 혼자서 좋은 성적을 받고자 노력하는 것이 아니라 모두가 머리를 맞대고 문제를 해결하고 함께 발전하려는 태도가 생기는 것도 놀라운 일이 아니다. 핀란드의 교육은 우리나라와 정반대의 지점에서 우리가 그토록 원하는 성과를 내고 있다.

반면에 우리나라의 학생들은 세계에서 가장 많은 학습량을 기록하고 있지만, 정작 학업에 대한 적성도와 흥미도는 세계 꼴찌 수준이다. 억지로 책상에 앉아 어떠한 흥미도 못 느끼고 시험문제 풀이만 반복하고 있는 것이다. 1등부터 꼴찌까지 성적으로 줄을 세우는 평가 방식은 아이들의 문제 해결 능력을 키우기는커녕 혼자서 점수 올리기에만 급급한 사람으로 만들고 있다.

이러한 제도에서는 어떤 아이가 어떤 분야에 강점이 있는지 발견하기는 불가능하다. 아이들이 자신의 가능성을 발견하지 못하는 어른으로 자라는 것은 개인의 노력 부족 탓이 아니다. 유연한 사고방식을 가로막고 창의력과는 거리가 먼 교육으로 아이들을 아무 생각도 못하게 만드는 우리의 교육을 반성해야 한다.

한마디로 우리 교육은 1970~80년대 산업화 시대 인력을 키우는 수준에 머물러 있다. 만 여섯 살에 입학하여 초등학교 6년, 중학교 3년, 고등학교 3년을 다니는 학제도 한국 전쟁 중인 1951년에 정착한 이래 한 번도 바뀐 적이 없다. 세상은 산업화 시대를 지나 정보화 시대를 넘어 4차 산업 혁명 시대로 바뀌어가는데 교육 제도는 거의 70년 동안 바뀌지 않고 있는 것이다. 거의 유일하게 계속 바뀌고 있는 것은 대학교 입시 제도이다. 대학교 입시만 바꾼다고 해서 근본적으로 교육이 바뀌지 않는다. 입시 제도만 바꾼다고 주입식 교육이 창의적인 교육으로 바뀌는 것도 아니다. 오히려 계속되는 혼선으로 사교육 지출만 매년 늘어나 서민 가계만 힘들게 될 뿐이다. 입시 개혁이 교육 개혁의 전부는 아니다.

진정한 교육 개혁에는 세 가지가 필요하다. 창의 교육, 적성 교육, 인성 교육이 가능한 혁신적인 교육 제도, 장기적인 관점에서 지속적이고 일관성 있는 정책 추진, 그리고 자기가 원하는 일을 하면서 먹고살 수 있는 일자리 개혁이 그것이다. 이 세 가지가 모두 갖추어져야 우리는 우리 아이들의 미래를 위해 책임을 다하고 있다고 말할 수 있을 것이다.

근본적인 교육 개혁은 놔두고 입시 제도만 고치는 것에만 몰두하는 사람들에게 한 번 물어보고 싶다. 만약 리누스 토발즈가 우리나라에서 태어났다면 과연 스물한 살에 리눅스를 만들 수 있었을까?

미국의 추수감사절 다음 날은 연중 가장 규모가 큰 할인 판매를 하는 블랙 프라이데이Black Friday이다. 재작년에 어떤 것을 할인하는지 구경하러 아마존에 접속했다가 '23andMe'라는 회사에서 200달러짜리 DNA 검사 키트를 100달러에 판매하는 것을 본 적이 있다. 회사 이름에 들어간 '23'은 사람의 염색체 스물세 쌍을 의미한다. 이 회사는 DNA 검사 키트에 침을 담아 보내면 의뢰인이 유전적으로 어떻게 타고났고 어떤 병에 걸릴 확률이 많은지 등을 알려 준다. 200달러를 받더라도 원가에 미치지 못한다고 하는데, 그 금액을 100달러로 더욱 낮춘 것이다. 한 사람 한 사람 검사할 때마다 손해를 보면서까지 DNA 검사 키트를 판매하는 이유는 무엇일까? 그 이유는 빅 데이터를 모으기 위해서다. 사람들의 유전자 정보를 빨리 대량으로 확보하는 것 자체가 다른 회사가 따라올 수 없을 정도의 경쟁력을 제공해주기 때문이다. 그 덕분일까? 지금도 해당 분야에서 가장 앞서고 있는 회사 중 하나가 바로 23andMe이다.

지금은 매장된 석유의 가치보다 데이터의 가치가 더 큰 시대가 되었다. 구글이라는 회사의 가장 큰 가치는 다른 회사들이 확보하지 못한 방대한 양의 빅 데이터에 있다. 구글이 가진 검색 기술 등 수많은 기술은 회사 가치의 일부분에 지나지 않는다. 이제는 기술보다 데이터가 더 중요한 시대로 패러다임이 바뀐 것이다.

핀란드의 '핀젠 프로젝트'도 이러한 차원에서 시대의 흐름을 정확하게 짚고 있는 것으로 보인다. 가장 큰 문제는 어떻게 하면 빅 데이터를 잘 활용하면서 개인의 프라이버시를 보호할 수 있을까 하는 것이다. 이를 위해 핀란드는 수년에 걸쳐 아무도 가지 않은 길을 개척해왔다. 정부가 시민사회와 머리를 맞대고 관련 법안을 만들었고, 의회가 이를 통과시켰다. 정부와 의회가 국민으로부터 투명성과 책임성 등 윤리적 도덕성을 인정받고, 연구소와 기업도 국민으로부터 두루 신뢰를 받기 때문에 가능한 일이었다. 핀란드 사람들이 프라이버시에 둔감한 게 아니라 정부와 기관에 대한 신뢰를 바탕으로 사회적 합의에 이른 것이다. 그 결과 핀란드에서는 프라이버시를 침해하지 않고 데이터를 모을 수 있도록 설계된 시스템을 만들어서 운영하고 있으며, 국민들은 적극적으로 참여하고 있다고 한다.

우리나라는 두 가지 면에서 이렇게 바뀐 패러다임에 잘 적응하지 못하고 있다. 첫째, 그동안 정부의 연구 개발 정책을 보면 여전히 기술에 집착하고 빅 데이터를 위한 기반을 만드는 것에는 상대적으로 소홀했다.

둘째, 프라이버시와 관련해 빅 데이터 수집과 활용을 어디까지 허용할 것인가에 대한 사회적 합의는 미래 국가의 운명을 좌우할 거대한 이슈임에도 불구하고 정부의 관심이 부족했다. 2020년 1월 9일, 1년 넘게 진통을 겪은 '데이터 3법'의 개정안이 국회 본회의에서 통과됐기는 하지만, 이것은 시작에 불과하다. 시행 과정에서 나타날 문제점들과 개선할 점들에 대해서 지속적인 논의가 필요하다.

그런 점에서 우리는 아직도 가야 할 길이 멀어 보인다. 오히려 다른 나라들에 비해서 상대적으로 매년 뒤처지고 있다. 개인 정보 보호라는 명목으로 우리는 빅 데이터를 구축하는 데 너무 소홀해왔다.

우리나라는 개인 정보 관련 규제가 매우 강한 편이다. 그런데 과연 우리나라와 핀란드 중 어느 나라 국민이 더 프라이버시를 보호받고 있을까. 핀란드는 민감한 개인 정보인 유전자 정보를 수집하면서도 프라이버시는 철저히 보호하고 있다. 반면 우리나라는 개인 정보 활용을 법으로 꽁꽁 틀어막고 있지만 수시로 해킹에 의한 개인 정보 유출 사고가 발생한다. 중국의 암시장 등에서는 우리나라 국민의 주민등록번호가 공공연하게 거래되고 있는 실정이다.

중요한 미래 담론 중 하나로 개인 정보 보호를 다뤄야 하는 것은 맞지만 지금의 우리처럼 개인 정보를 활용하지도 못하면서 제대로 보호하지도 못하는 현실은 개선이 필요하다. 법률적으로 완벽하게 개인 정보를 보호하자는 주장은 이제 현실과 맞지 않는다. 흑백 논리에 따라 사안을 양자택일로 강요하는 대신, 프라이버시와 관련하여 빅 데이터 수집과 활용을 어디까지 허용할 것인가에 대한 사회적 합의를 하루빨리 이루었어야 했다. 국회가 파행을 거듭하는 사이 데이터를 이용한 신산업은 탄력을 받지 못했다. 앞으로는 핵심 자원을 활성화시키면서 사회적 규범 정립에 필요한 논의를 빠르게 진행해야 할 것이다.

4부
실용적 중도 정치가 개혁을 이끈다
프랑스

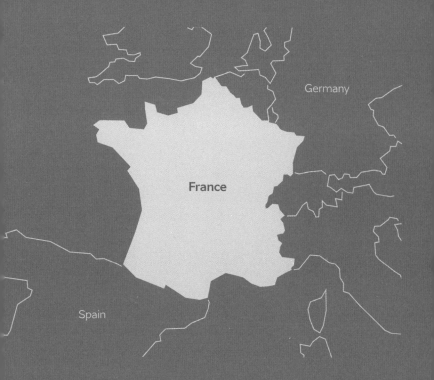

#중도#마크롱#일하는정부#혁신#인구#교육#에콜42

Germany

France

Spain

국민의 힘으로 실용적 중도 정치의
혁명을 이뤄낸 사회

2017년 프랑스에서는 민주주의가 한 단계 '전진'하는 혁명적인 일이 일어났다. 잘 알려진 것처럼 에마뉘엘 마크롱이 대통령에 당선된 것이다. 마크롱은 1977년생으로 만 40세의 나이에 프랑스 최연소 대통령이 되었다. 그의 나이보다 더 놀라운 것은 프랑스의 거대 양당이 아닌 '비주류' 정당, 그것도 생긴 지 1년밖에 안 된 신생 정당의 후보가 대통령에 당선됐다는 사실이다. 그가 만든 정당 이름은 프랑스어로 '앙 마르슈!En Marche!' 우리말로 '전진!'을 뜻한다(정식 명칭은 '레퓌블리크 앙 마르슈!La République En Marche!'로, '전진하는 공화국!'이다).

게다가 보수나 진보가 아닌 '실용적 중도' 정당이었다. 마크롱은 대선 출마를 결정하면서 자신은 좌파도 우파도 아니며, 기존 정치에 맞서 민주 혁명을 일으키겠다고 선언했다. 국회의원 한 명도 없던 신생 정당이 프랑스 국민의 지지를 받으면서 전 세계의 정치 문법을 새롭게 썼다.

그전까지 프랑스는 우리나라처럼 보수와 진보의 거대 양당이 돌아가면서 집권하는 나라였다. 그런데 한 정당이 잘해서가 아니라 상대 정당이 실수하면 반사 이익으로 집권하는 행태가 반복되었다. 두 정당이 번갈아 자리를 차지하고 자기들의 이익만 챙기고 사회문제는 해결하지 못하는 일이 반복되자, 참지 못한 국민들이 거대 양당을 심판한 것이다.

프랑스를 위한 일이라면 좌파든 우파든 선의를 가진 사람들과 함께할 수 있다고 말한 마크롱 대통령은 좌우를 가리지 않고 인재를 발탁해 일종의 대연정 정부를 구성했다. 이렇게 초당적 문제 해결에 집중하는 '패치워크Patchwork(여러 조각을 모아 큰 한 조각을 만드는 '쪽모이')' 방식으로 실용적 중도 정당답게 새로운 국정 운영을 펼치고 있다. 절박한 사회 문제를 개선하고 치열한 국제 경쟁 속에서 미래를 위한 구조 개혁도 이루어지고 있다. 초기에는 많은 저항이 있고 지지율도 떨어졌지만, 뚝심 있게 밀어붙인 결과 마크롱의 말처럼 "프랑스는 돌아오고 있다". 아직은 좀 더 봐야겠지만 10년 만에 실업률은 최저 수준으로 떨어지고 정규직 비율이

상승했으며, 36만여 개의 새로운 일자리가 생겼다. 경제 성장률은 독일을 넘어섰다.

그렇다고 프랑스 중도 정치의 핵심이 '마크롱'에게 있는 것은 아니다. 변화의 핵심은 프랑스의 '국민'이며, 국민의 '선택'이다. 마크롱 대통령은 "우리 정치가 변할 수 없다고 생각하는 것은 나라를 극단주의자에게 바치는 것이다"라고 말했는데 '극단주의자'란 다름 아닌 좌우 양극단을 말한다. 좌우의 극단주의가 아닌 새로운 대안으로 실용적 중도를 제시한 것이다. 나는 세계 정치의 혁명적 실험이 펼쳐지고 있는 프랑스를 찾아가 그 현장을 직접 확인해보고 싶었다.

2017년 5월, 에마뉘엘 마크롱은 국회의원 한 명 없던 상황에서 프랑스의 새로운 대통령으로 당선되었다. 사진은 루브르 박물관 앞에서 마크롱 대통령의 당선을 축하하는 파리 시민들의 모습.

(왼쪽) 파리 노트르담 대성당 (위) 파리 센강과 노트르담 대성당. (아래) 노트르담 대
성당 내부의 모습.

(왼쪽) 나폴레옹의 승리를 기념하며 세워진 에투알 개선문. 파리에도 교통 체증이 심해서 개선문 주변이 차량들로 항상 빼곡하다. (오른쪽) 프랑스의 상징 에펠탑.

내가 만난
프랑스

프랑스는 내가 독일에 정착한 이후 처음 방문했던 나라이다. 그 배경에는 파비앙 페논Fabien Penone 주한 프랑스 대사의 배려와 도움이 있었다. 2018년 여름, 새로운 배움의 장소로 독일로 가기로 결정한 직후 페논 대사의 연락을 받았다. 페논 대사는 왜 독일로 가느냐며 아쉬워했다. 유럽에 가야 한다면 당연히 프랑스로 가야 한다는 것이다. 물론 그의 말은 농담 반 진담 반이었을 테지만 아직까지도 좋은 기억으로 남아 있다.

그리고 페논 대사의 초대를 받아 독일로 떠나기 전 서울 서소문에 위치한 프랑스 대사관을 찾았다. 주한 프랑스 대사관은 건축을 잘 모르는 내가 봐도 참 아름다웠다. 프랑스와 한국 두 나라의 분위기가 잘 어우러진 건물은 우리나라 1세대 건축가인 고(故) 김중업 선생의 작품으로 문화재급 가치가 있다고 한다. 대사관 안에는 그동안 프랑스와 한국의 역사와 관계를 말해주는 수많은 기록이 잘 보존되어 있었다. 내가 가본 대사관 중에서도 상당히 인상 깊은 곳이었다.

페논 대사는 프랑스 정부에서 한국과 좋은 관계를 유지하기 위해 여러 방면으로 노력하고 있다고 말했다. 포퓰리즘의 유혹에 빠지지 않고 21세기 유럽 개혁의 선두에 있는 프랑스에서 배울 점이 많을 것이라면서, 유럽이 나아가는 길을 보려면 프랑스를 놓치지 말아야 한다고 강조했다. 프랑스를 이끄는 훌륭한 리더와 전문가들이 많은데 원한다면 쉽게 소개해줄 수 있다고 제안했다. 이렇게 자신의 나라에 대해 자세히 알 수 있도록 적극적으로 나선 페논 대사 덕분에 프랑스에 가장 먼저 가게 되었고, 덕분에 많은 것을 배울 수 있었다.

독일 뮌헨에 정착하고 2주가 지난 2018년 9월 중순에 나는 뮌헨 역에서 프랑스 고속 기차인 테제베를 타고 5시간 30분 만에 파리에 도착했다. 프랑스는 같은 유럽연합 국가여서 국경을 넘을 때 신분증 제시와 같은 수속은 전혀 없이 자유롭게 이동할 수 있었다. 총 이동 시간을 따지면 항공편과 비슷하고 가격은 훨씬 저렴했다. 대중교통을 이용하고

수행원이나 통역사 없이 유럽 곳곳의 약속 장소들을 찾아
가는 습관도 이때부터 시작되었다.

파리에서 가장 넓은 콩코르드 광장.

프랑스 의회

파리에 있는 프랑스 의회는 상원과 하원(국민의회)으로 나뉜다. 프랑스 의회 건물들은 오래된 궁전을 쓰고 있다. 상원은 뤽상부르 궁을, 국민의회는 부르봉 궁을 쓰고 있다. 현대식으로 의회 건물을 새로 지어서 쓸 수도 있었겠지만, 왕정시대부터 근현대까지 나라의 역사와 전통이 깃든 건물을 불편하더라도 고쳐 쓰는 모습이 참 보기 좋았다.

프랑스 상원에서는 로익 에르베Loic Herve 의원을 만났다. 앙 마르슈! 소속으로 당시 만 38세(1980년생)였는데, 외교 분야 전문가로 북핵 문제에 대해서도 식견이 높았다. 트럼프와 김정은의 싱가포르 회담이 석 달 정도 지난 시점이었기에, 앞으로의 전망에 대해서 이야기를 나누었다. 결국 그 전망은 대부분 맞았다.

하원에서는 앙 마르슈! 소속의 다섯 명의 젊은 의원들이 한꺼번에 나왔다. 모두 초선 의원들로, 의회에 들어오기 전에 정치가 아닌 다른 분야에서 열심히 일한 전문가 출신이었다. 그중에는 한국에서 태어나 어릴 때 프랑스로 입양되었던 조아킴 손포르제 의원도 있었다. 1983년생으로 스위스 로잔에서 영상진단의학과 의사로 일하다가, 2017년 앙 마르슈!에 참여해 마크롱 대통령의 당선을 돕고 자신도 해

프랑스 하원에서 만난 젊은 의원들의 모습.

프랑스 학사원.

외 선거구의 하원의원 선거에 출마해 당선되었다. 또한 같이 당선된 사람들 중에는 수학의 노벨상이라 불리는 필즈상을 받았던 세계적인 천재 수학자 세드리크 빌라니Cédric Villani 의원도 있다고 했다. 1973년생인 그는 프랑스 하원의 과학위원장이자 마크롱 대통령의 AI 분야 보좌관으로 "과학과 정치의 접점이 필요하며 그 역할을 하겠다"는 포부를 밝히기도 했다. 빌라니 의원은 지금은 2020년 파리 시장 선거 도전을 앞두고 있으며, 파리 전체를 하나의 AI 연구소처럼 만들겠다는 구상을 밝혔다. 예컨대 파리 시민들의 골칫거리인 쥐떼 서식 문제를 과학적인 방식으로 해결해 도시 청결과 시민 위생을 획기적으로 변화시키겠다는 것이다. 실제로 쥐떼 문제는 2020년 파리 시장 선거의 핵심 쟁점 중 하나라고 한다.

정치가 아닌 현장에서 일해본 경험과 전문성은 정치인으로서 매우 중요한 장점이 될 것이다. 사회에서 일을 해보고 돈을 벌어본 경험이 정치를 하고 정책을 만들 때 반영되기 때문이다. 또한 특정 분야의 전문성을 활용하여 창의적인 문제 해결 능력을 보여줄 수도 있다. 그러면 기존의 방식으로 해결할 수 없던 문제도 새로운 관점에서 대안을 내놓을 수 있을 것이다. 이렇게 흥미로운 이력을 가진 프랑스의 상원, 하원 의원들과의 만남은 '마크롱과 앙 마르슈!'가 말하

는 실용적 중도 정치의 실체와 새로운 시대의 요구에 대해
느낄 수 있는 시간이었다.

프랑스 전략 연구소

프랑스 의회와 함께 국가의 저력을 실감할 수 있던 곳이
바로 프랑스 전략 연구소France Stratégie였다. 이곳에서는 마
크롱 대통령이 실행하는 정책의 근거가 되는 인공지능, 인
구 정책, 노동 개혁, 교육 개혁 등의 비전과 전략을 제시하
고 연금 제도와 의료보험의 지속 가능한 실행 계획 등을 수
립하고 있었다. 마크롱이 말했듯이 '새로운 시대의 거대한
변화' 속에서 한 세대 이후의 세상을 예측하며 지금 정부가
해야 할 일을 제안하는 것이다.

프랑스 전략 연구소의 보안은 매우 철저했고, 복잡한 절
차를 거쳐서 연구소 내부로 들어갔다. 까다로운 방문 절차
에서 느껴지는 분위기와는 다르게 실내는 소박했다. 파브
리스 렝글라르Fabrice Lenglart 부소장의 집무실에서 책상을
앞에 두고 마주앉아 편한 분위기 속에서 차분하게 이야기
를 주고받을 수 있었다.

그동안 한국 언론에 소개된 마크롱 대통령에 대한 평가

가 항상 좋았던 것은 아니다. 당시에는 '정치 경험이 부족하다', '지지율이 급락했다', '개혁에 실패할 것이다' 등의 부정적 평가와 기사, 예측이 따라다녔다. 그런데 렝글라르 부소장은 국가적 과제 해결에 대한 마크롱의 저력을 믿어 의심치 않았다.

연구소는 프랑스의 미래와 관련된 일이라면 어떤 주제이든 집요하게 파고드는 모습을 보였다. 내가 방문했을 당시에는 마크롱 대통령의 행보와 맞물려 노동 개혁 이슈가 연구소의 최대 관심사였다. 개혁이 거센 저항에 부딪혀 힘들 때였는데도 부소장의 말이나 태도를 보건대 마크롱은 그의 개혁 행보를 조금도 멈출 생각이 없는 것 같았다.

프랑스와 독일의 경우만 보더라도 선진국이라고 해서 절대 현실에 안주하지 않는다. 독일은 아무 문제 없이 운영되고 있는 제도라도 어떻게 하면 더 좋게 만들 수 있을지 고민했고, 프랑스는 세계화와 디지털, 불평등 문제 등으로 격변하는 세상에서 어떻게 발전할 수 있을지 연구하는 모습을 보여주었다. 정치적으로나 경제적으로 이미 세계 최고 수준의 나라들이지만, 더욱 모험적이고 야심 찬 혁신 강국으로 나아가야 한다고 입을 모아 말했다.

프랑스의 이러한 분위기는 실용적 중도 정치를 표방하는 마크롱이 대통령에 당선되면서 더욱 고조되었다. 한때 인재들이 미국이나 영국으로 빠져나간다는 걱정이 많았지만, 이제는 다시 힘을 내어 새로운 연구자와 기업가를 모아서 혁신 국가로 만들어가고 있다는 이야기를 들었을 때 프랑스의 정치적 혁명이 일으킨 변화가 얼마나 큰지 느낄 수 있었다.

공중 보건 고등 평의회

나는 공중 보건 고등 평의회Haut Conseil de la Sante Publique에서 평생 인구 문제를 연구한 베르트랑 프라고나르Bertrand Fragonard 박사를 만났다. 프랑스는 선진국으로서 출산율 감소를 증가로 되돌린 대표적인 나라이다. 나는 그 비결이 알고 싶었다. 국가의 존망과 관련된 열띤 토론은 사전에 약속했던 한 시간을 지나 두 시간을 훌쩍 넘겼다. 점심시간이 지났는데도 고령의 프라고나르 박사는 열심히 자료를 뒤져가며 설명을 해주었다.

프랑스의 출산율은 1993년 1.65명에서 2012년 2.02명, 2017년 1.88명이 되었다. 정권이 바뀌는 상황에서도 오랫동안 지속적이고 종합적으로 노력한 결과이다. 출산율은 전체적인 사회 분위기에 영향을 받는다. 우선 프랑스에서는 결혼을 하는 것과 아이를 낳는 것을 별도로 생각한다고 한다. 어떤 사람은 결혼해서 낳고, 누군가는 혼자 살면서도 낳고, 동성혼 커플은 입양하거나 낳고, 동거를 하면서도 낳는다. 사회적으로 아이를 낳는 가족의 형태가 광범위하다. 이에 따라 여러 형태의 가족을 사회적으로 허용하고, 모든 아이를 국가와 함께 키운다는 분위기다. 이혼하거나 이별하는 커플도 많지만 이혼율 증가가 출산율에 거의 영향을 미치지 않는다고 한다.

또한 프랑스는 여성들이 결혼 여부와 상관없이 한 명 이상의 아이를 낳는 사회적 분위기를 만들었다. 프라고나르 박사는 향후 출산율을 예측할 때 가장 많은 영향을 미치는 것 중 하나가 어린 소녀들의 생각이라고 말했다. 프랑스에서 어린 소녀들에게 나중에 커서 아이를 낳고 싶으냐고 물어보면 대부분의 프랑스 소녀들은 두세 명 정도의 아이를 낳고 싶다고 말한다고 한다. 어린 소녀들은 가정과 사회의 영향을 많이 받는데 이러한 대답 자체가 사회적 분위기의 반영이라고 덧붙였다.

프랑스 출산율 정책의 핵심은 아이를 낳고 길러도 경제적 불이익이 없도록 해주는 데 있다고 한다. 남성이 육아 휴직을 많이 할수록 둘째를 낳을 확률이 높아진다는 통계도 있다. 이를 위해 프랑스 정부에서는 국내총생산의 약 3.5퍼센트를 인구 정책에 쓰고 있다. 아이 한 명당 매월 프랑스 최저 임금인 1,100유로의 절반에 해당하는 돈을 지급한다.

엄마가 아이를 낳고 키우느라 본인의 생활수준이 떨어지지 않도록 지원한다. 선택과 집중 전략도 통했다. 0~3세 아이와 다자녀 가정에 혜택을 집중시킨다. 그리고 낙태를 허용함으로써 원하지 않는 임신을 하지 않도록 한다. 그 결과 프랑스의 경우 전부 외국에서 아이를 입양하고 있었다. 아이를 낳으면 부모가 키울 수 있도록 만들어준 정부의 정책 덕분이다.

프라고나르 박사의 말에 따르면, 무슬림을 포함한 이주민들의 유입이 프랑스 출산율을 높이는 데 큰 영향을 끼쳤다는 일부의 주장은 사실과 다르다고 한다. 미국의 경우 이민자들이 아이를 많이 낳아서 인구를 늘렸지만 프랑스에서는 이민자들의 영향이 크지 않다고 한다.

한국의 상황에 대해서 물어서, 세계에서 유일하게 출산율 0.98명(2018년 기준)을 기록하고 있다고 말했더니, 프라고나르 박사는 세계 어느 나라에서도 출산율이 1명 이하로 떨어졌다는 이야기는 들어보지 못했다면서 아마도 인류 역사상 최초일 것이라며 많은 걱정을 해주었다.

가장 큰 문제는 출산율, 교육 개혁, 미세먼지와 같이 지금부터 노력해도 10년, 20년 정도 후에 효과가 나타나는 일들에 대해서는 5년 임기의 정부가 자기 일처럼 생각하지 않고 단기적인 성과에만 집중한다는 점이다. 이제는 꼭 필요한 중장기 정책을 믿음을 가지고 일관성 있게 밀어붙일 수 있는 시스템을 만들 수 있느냐 없느냐가 대한민국의 미래를 결정할 것이다.

에콜 42

프랑스에서 새로운 교육 모델의 대안으로 전 세계에서 주목을 받는 곳이 바로 에콜Ecole 42이다. 2013년 파리에서 처음 문을 연 에콜 42는 IT 프로그래머 양성 기관이다. 프랑스 교육부가 인가한 정식 학위 과정이 아닌, 제도권 바깥의 사설 비영리 학교다. 그런데 교수도 없고, 교과 과정이나 교재도 없고, 학비도 없다. '3무無 학교'인 셈이다. 놀라운 것은 졸업생은 취업 걱정을 하지 않는다고 한다. 실력이 워낙 좋아 세계적인 기업들에서 데려가려고 난리이기 때문이다. 파리 캠퍼스를 시작으로 2016년에는 미국 캘리포니아주에 프리몬트Fremont 캠퍼스를 세웠고, 다른 여러 나라에도 캠퍼스를 열고 있다.

이곳은 고등학교 중퇴의 학력으로 프랑스 이동통신사

'프리Free'를 일군 자비에르 니엘Xavier Niel 회장이 4,800만 유로, 우리 돈으로 약 620억 원을 기부해 설립했다. 니엘 회장이 기부한 돈은 학교의 10년 치 운영비에 해당하는데 이 예산을 다 쓴 뒤에는 다른 방식으로 기부를 받거나 새로운 형태로 학교를 계속 운영할 계획이라고 한다.

참고로, 에콜 42의 '42'는 영국 소설가 더글러스 애덤스Douglas Adams의 코믹 SF 소설 『은하수를 여행하는 히치하이커를 위한 안내서』에 나오는 '42'라는 숫자에서 그 의미를 빌려왔다고 한다. 소설에서 '42'는 삶과 우주의 비밀을 밝혀준다는 궁극의 숫자였지만 알고 보면 별게 아닌 것으로 드러나는데, 아무리 대우주를 돌아다녀도 지금 이곳에서 행복과 아름다움을 느끼는 게 최선의 인생이라는 메시지에서 학교 이름을 '42'로 지었다고 한다. 컴퓨터를 좋아하는 해커들은 보기만 하면 다 아는 친숙한 숫자이기 때문이다.

매년 3,000명 정도의 입학생을 뽑을 때면 8만 명의 지원자가 몰린다고 한다. 지원자들은 4주간 '수영장'이란 뜻을 가진 라 피신La piscine 합숙 과정을 거친 후 최종 합격자가 선발된다. 학생 선발의 중요한 기준은 인간성과 협업이 가능한 커뮤니케이션 능력이라고 한다. 이 평가 항목이 코딩 실력 자체보다 우위에 있다. 월등한 실력의 코딩 천재도 동료들의 평가가 낮으면 탈락한다. 혼자서 열심히 하는 것으로는 미래의 빠른 변화에 적응하기 어렵고, 집단 지성의 힘으로 창의적으로 문제를 해결해야 한다는 에콜 42의 철학이 돋보이는 대목이다.

여기서 뽑힌 학생들은 자신이 원하는 프로젝트를 자유롭게 실행할 수 있다. 교수는 없지만 스스로 코딩을 배우고 실전에서 문제를 해결해 나가면서 실력을 쌓아간다. 마음에 맞는 사람들과 자유롭게 팀을 만들어서 협업해서 문제를 해결할 수 있다. 프로젝트를 완수하면 마치 롤 플레잉 게임role playing game처럼 경험치가 주어지고 레벨이 오른다. 레벨 21이 되면 수료증이 주어지지만, 그 전에 취업하는 학생들도 많고 레벨 21이 지나서도 계속 학교에서 프로젝트에 도전하며 학습하는 사람도 있다. 졸업도 기간이 정해져 있는 것이 아니라, 자신의 판단과 선택에 달린 셈이다. 이런 환경에서 교육받은 학생들은 언제든지 당장 실전에 투입되어서 과제를 완수할 수 있는 능력을 갖추게 되기 때문에 세계적인 기업에서 입사 제의가 쇄도하고 있어서 본인만 원한다면 취업률은 거의 100퍼센트에 달한다고 한다.

파리 캠퍼스를 둘러보니 3층짜리 건물에 애플의 맥 컴퓨터가 빽빽하게 들어차 있고, 학교는 학생들의 열기로 가득했다. 학교는 24시간 개방되어 있어서 언제든지 출입할 수 있고, 지정 좌석이 없기 때문에 학생들은 어느 자리든 앉아서 자유롭게 작업할 수 있었다. 어떤 컴퓨터에서나 인트라넷에 접속하기만 하면 자신이 무슨 프로젝트를 누구와 얼마나 했는지 차곡차곡 기록이 쌓이는 것이다. 관리 책임자에 따르면 상당히 큰 규모의 학교이고 학생 수도 많지만, 컴퓨터 시스템과 프로젝트를 관리하는 사람은 서른 명 정도에 불과하다고 한다. 아주 효율적으로 학교를 운영하고 있는 셈이다. 재학생의 30퍼센트가 외국인이고, 국적은 60개국에 달한다고 한다. 소수이지만 한국 학생들도 있었다.

미국 스탠포드 법대로 온 후, 마침 에콜 42의 프리몬트 캠퍼스가 가까이 있어서 방문했다. 여기에서도 한국의 여러 젊은이들이 치열한 경쟁을 뚫고 입학한 후 열심히 프로젝트를 하고 있었다. 우리나라에서는 제대로 교육받을 곳도 없고, 실력보다 출신 대학을 따지고, 일자리도 부족하고, 일자리가 있어도 소프트웨어 기술자는 대접을 받지 못해서 차라리 여기로 왔다는 것이다. 우리나라의 자율적이고 창의적인 인재들이 자리를 잡지 못해 멀리 외국까지 와서 애쓰는 모습에 가슴이 먹먹했다. 이들이 우리나라에서 자신이 하고 싶은 일을 자유롭게 선택하고 능력을 발휘할 수 있는 환경이 갖추어질 때만이 우리나라의 미래가 있을 것이다.

에콜 42 파리 캠퍼스 건물 내부에 있던 전시물. "The System Has Failed"는 미국 헤비메탈 밴드 메가데스의 앨범 이름이다.

에콜 42 내부에는 맥 컴퓨터가 빽빽하게 있고 학생들은 아무 자리에나 자유롭게 앉을 수 있었다.

프랑스 일정 중 하루는 노르망디 지역의 항구 도시로 유명한 르아브르Le Havre로 향했다. 파리에서 기차를 타고 두 시간 정도 북쪽으로 가면 도착하는 이곳은 바다를 사이에 두고 영국과 마주 보고 있는 작은 도시다. 제2차 세계 대전 때 심한 폭격을 받아 대부분 파괴되었다가 건축가 오귀스트 페레Auguste Perret에 의해 재건되면서 '전후 도시 계획과 건축의 대표적인 사례'로 유명하다. 그리하여 2005년에는 도시 전체가 유네스코 문화유산으로 등재된 아름다운 곳이기도 하다.

나는 이곳에서 페논 대사의 소개로 젊은 시장을 만났다. 바로 직전 시장이 마크롱 정부의 국무총리가 되어서 후임으로 뽑힌 사람이라고 한다. 프랑스 특유의 활발한 에너지가 느껴지는 지방 정부였다.

무엇보다 초기 벤처 기업들에게 공간을 내어주는 인큐베이터에서 현지의 여러 벤처 기업가들과 만나 이야기를 나눌 수 있어서 좋았다. 연령대는 아주 젊은 청년부터 은퇴한 노년에 이르기까지 다양했는데, 어떻게 사업 모델을 만들고 투자를 유치할 수 있는지부터 한국을 비롯해 외국으로 진출하려면 어떻게 해야 하는지에 이르기까지 굉장히 현실적이고 실용적인 질문을 많이 했다. 나도 벤처 기업을 창업하고 경영했을 때의 실제 경험과 기업가 정신을 강의했던 교수로서 고민하고 정리했던 내용들을 들려주었다. 그들의 현실적인 고민에 조금이라도 도움이 되기를 바라면서, 나 역시 새로운 사람들과의 만남을 통해 그들이 지금 고민하고 있는 지점을 알 수 있었고 많은 자극을 받을 수 있었다.

일정이 끝난 뒤 잠시 시간을 내어 르아브르의 작은 미술관에 들렀다. 그런데 기대 이상으로 아름다운 작품들과 만날 수 있었다. 세속적인 의미에서 이름이 널리 알려지지는 않았지만, 이 지역 출신의 인상파 화가들의 작품이 참 좋았다. 그러고 보니 클로드 모네의 「인상, 해돋이」는 르아브르를 배경으로 한 작품으로 유명하다. 미술관을 나와 르아브르의 높은 언덕에 서서 하늘과 해변을 바라보고 있으니 구름, 햇살, 공기, 색감, 느낌들이 시시각각 바뀌었다. 이런 환경에서 인상파 화가들이 많은 영감을 받은 것이 당연하다고 느껴졌다. 프랑스의 작은 해변 도시인 르아브르를 보면서 도시가 가진 본연의 아름다움과 이를 지켜가는 사람들의 노력이 얼마나 중요한지 다시 한 번 깨닫게 되었다.

프랑스에서
배운 것들

나는 프랑스에서 만난 사람들과 대화를 나누면서 그리고 프랑스에서 중점을 두고 시행하는 정책들을 통해서, 21세기가 우리에게 가져오는 큰 변화는 무엇인지, 프랑스는 어떻게 미래를 준비하고 있는지를 알 수 있었다. 또한 이러한 변화 속에서 우리는 과연 어떻게 대처하면 좋을지에 대해서도 깊이 생각해볼 수 있었다.

특히 세계 선진국 중에서 실용적 중도 정당이 집권한 첫 사례였던 프랑스에서 실용적 중도란 무엇인지, 정부는 어떻게 변화해야 하는지, 미래를 준비하고 변화를 이끌기 위한 국가의 전략은 어때야 하는지, 대한민국의 운명을 결정할 인구 감소 문제에 어떻게 대처해야 하는지, 그리고 근본적인 변화가 필요한 교육 분야에 대해서 생각을 정리할 수 있었다.

실용적 중도 정치의 본질은 일하는 정치이다

앞에서 이야기했던 것처럼 '앙 마르슈!'는 2016년 4월 당시 경제 산업부 장관이었던 마크롱이 자신과 뜻을 함께한 100여 명과 함께 만든 조직이다. 마크롱은 처음부터 특정한 이념을 가진 정당보다는 프랑스의 전진을 위한 초당적 운동을 추구했다. 그래서 다른 정당의 당원을 받아들였고, 자신들의 가치에 동의하면 당비를 내지 않아도 당원으로 인정했다. 결국 국회의원 한 석도 없던 신생 정당은 2017년 마크롱의 대통령 당선이라는 혁명과 같은 승리를 이끌어냈다.

프랑스 대통령 선거는 결선 투표제이다. 1차 투표에서 과반을 얻은 후보가 없으면 1, 2위 후보를 대상으로 2차 결선 투표를 해서 당선자를 결정한다. 당시 사회당과 공화당이라는 기존의 두 거대 정당 후보는 1차 투표에서 탈락했다. 중도파 마크롱은 24퍼센트의 득표율로, 극우파 마린 르펜은 21퍼센트의 득표율로 2차 결선 투표에 진출했고, 투표 결과 마크롱이 득표율 66.1퍼센트로 크게 이겨 당선되었다. 그리고 6월 총선에서 마크롱의 신당은 의회 전체 577석 중 350석, 무려 61퍼센트에 달하는 의석을 차지했다.

선거 과정에서 마크롱은 두 기득권 거대 정당의 문제점을 정확하게 지적했다. 둘 다 국가가 당면한 문제에 대한 해법도 없으면서 새로운 아이디어를 억압하고 현상 유지만 원한다는 것이다. 그렇지만 자신은 '이념보다 문제 해결'을 중요하게 생각하는 실용적 중도라고 주장했다. 프랑스 국민들은 이러한 실질적인 문제 해결식 접근에 뜨겁게 반응했다. 피부로 느껴지는 중요한 문제들은 좌파, 우파의 흑백 논리만으로 해결될 수 없다는 사실을 오랜 세월을 겪으며 깨달았기 때문이다.

프랑스 국민들은 마크롱의 실용적 중도 정치를 택함으로써 단순 민심 달래기를 내세우는 두 거대 정당이 아닌 신생 정당의 손을 들어주었다. 국민을 위해 일하지 않는 정당은 과감히 정치에서 손을 떼게 만든 그들의 선택은 정치란 무엇인가, 정당이란 무엇이며 어떻게 일해야 하는가를 다시 생각하게 만들었다.

실용적 중도 정치란 한마디로 일하는 정치이다. 실제로 사회 생활하면서 일을 해본 사람들이면 다들 알겠지만 자기 생각만 고집해서는 일이 성사되지 않는다. 세상은 바뀌기 마련이어서, 옛날에 문제를 해결했던 방식이 지금은 맞지 않을 수도 있다. 먼저 객관적인 상황을 파악하고 지금 현실에 맞는 문제 해결 방법을 찾아야 한다. 그것으로 끝이 아니다. 다른 부서나 다른 회사의, 생각이 다른 사람들과 대화하고, 타협하고, 합의해야 실행에 옮길 수 있는 것이다. 정치도 마찬가지이다. 자신의 오랜 이념만 옳다고 생각하고 바꿀 생각을 하지 않으면 싸우기만 하고 아무 일도 할 수 없을 것이다.

즉 실용적 중도 정치란 한쪽 이념에만 집착하지 않고 최선의 해결 방법을 찾으려고 노력하면서, 동시에 상대방과 대화하고 타협해서 문제를 풀어가려고 노력하는 타협, 통합, 실행의 정치, 즉 문제 해결 정치인 것이다. 여기서 '실용적'이란 의미는 이상적인 생각에만 집착하는 것을 거부하고, 실제로 문제를 해결하고 세상을 변화시키는 것에 초점을 둔다는 뜻이다.

실용적 중도 정치는 국민을 위한 실용적인 정책과 개혁을 추진할 수 있는 정치를 추구한다. 그럼에도 불구하고 실용적 중도 정치를 하는 데는 이 길이 옳은 길이라는 신념과 용기가 필요하다. 양쪽에서 모두 자기편이 아니라고 비난하고 모함하기 때문이다. 두 기득권 정당은 분노와 갈등을 조장하고, 국민들 편을 갈라서 정치적인 이득을 취하는

데 익숙해 있다. 두 기득권 정당에서 가장 흔히 하는 비난이 '이것도 저것도 아니다, 모호하다'와 같은 말이다. 이 말은 정치권 해석기를 돌리면 '내 편이 아니다'라는 뜻이다. 두 정당만 있을 때는 못해도 1등 아니면 2등이기 때문에, 새로운 정당이 출현하는 것을 눈엣가시처럼 생각하는 것이다. 새로운 정당이 승리하는 것보다는 그토록 미워하는 상대 거대 정당이 승리하는 것이 차라리 낫다고 생각한다. 이것이 적대적 공생 관계의 실체이다.

그래서 우리나라의 정치 현실은 여전히 제자리걸음, 아니 다른 나라들이 앞으로 나아가는 데 비해 후퇴하고 있는 것이다. 나라와 국민들이 직면한 문제를 해결하기보다 상대가 잘못한 점을 부각시키는 데 집중하고 반사 이익으로 이득을 얻는 정치가 계속되고 있는 것이다.

두 거대 정당들은 가짜 뉴스와 이미지 조작으로 여론 조작 하는 데 능하다. 또한 민생 문제 해결보다 자리 차지하기에 집착한다. 정부가 임명하는 중요한 자리들에는 유능한 인재를 등용해야 하는 것이 당연한데도, 전문성을 판단한 것인지 의심스러운 경우가 많다. 이러다 보니 '부패 공화국'이라는 말이 국민들 사이에 빈번하게 나온다. 이는 마치 정당이 아니라 이익단체 간의 권력 투쟁을 방불케 한다. 오죽하면 세간에 '우리나라에는 좌파도 우파도 없다. 까도 까도 끝이 없는 양파밖에 없다'는 말이 나왔겠는가?

나는 양쪽으로부터 무수한 이미지 조작을 당해왔다. 예를 들면, 내가 국회의원 시절, 본청에서 나와서 약속 장소로 가기 위해 차를 타고 막 출발하던 참이었다. 갑자기 어떤 사람이 달리는 차의 문을 확 열고는 사진을 파파박 하고 찍는 것이 아닌가. 별 사람 다 있다고 넘어 갔는데, 다음 날 기사가 나왔다. 제목은 '차 문도 못 닫고 도망치는 안철수'였다.

내가 정치를 하면서 어려움을 돌파하고 좋은 결과를 얻었던 일 중 하나는 2016년 총선이었다. '국민의당'을 창당하고 나서 정치권의 예상을 뒤집고 총선에서 38석을 얻어 국회 교섭단체가 된 것이었다. 그러나 그것이 탄압의 시작이기도 했다. 총선 직후에 청와대의 지시로 짐작되는, 소위 '리베이트 사건'으로 현역의원 두 명을 포함한 일곱 명을 각각 10여 개의 혐의로 기소한 것이다. 당시 나는 사실이 아니라는 것을 알고 있었지만, 당에 대한 공격이 계속되면 새롭게 출발하는 신생 정당으로서 국민의 신뢰에 큰 타격을 받을 것을 우려해서 당을 보호하기 위해 대표직을 스스로 사퇴했다. 이 일은 결국 3년이 지난 뒤 대법원에서 모두 무죄 판결을 받았다. 1심, 2심, 대법원까지 모든 사람들이 모든 혐의에 대해 무죄를 받았는데, 대한민국 사법 역사상 이런 경우는 거의 없었다고 들었다. 그러나 신생 정당을 보호하기 위한 나의 희생과 헌신은 인정받기는커녕, 당시 '리베이트 사건'의 나쁜 이미지만 남았다. 이러한 것이 이미지 조작의 효과이다.

또한 두 기득권 정당들은 선거 때만 되면 중도 코스프레에 나선다. 평소에는 양극단에서 대립하다가 선거철이 다가오면 중도적이고 합리적인 것처럼 인재를 영입하고 정책과 비전을 발표하는 것이다. 중도 유권자들은 여기에 속아서 그들에게 표를 준다. 선거가 끝나면 두 기득권 정당들은 중도 유권자들의 기대를 저버리고 다시 양극단으로 돌아간다. 중도 유권자들은 선거 때마다 속고 이용당하고 선거 후에는 실망하는 악순환을 끝없이 반복하는 것이다.

이제 이러한 악순환의 고리를 끊으려면 대한민국의 정치가 바뀌어야 한다. 제도화를 통한 정치 개혁이 필요하고, 거기에 따라 정치 문화도 대화와 타협이 가능하게 바뀌어야 한다. 독일 편에서 정치 개혁에 대해서 다루겠지만, 프랑스의 제도 중 관심 있게 보아야 할 것 중 하나는 결선투표제이다. 결선투표제는 과반의 지지를 받는 당선자를 만드는 제도이다. 찬성한 사람이 반대한 사람보다 많기 때문에 당선자의 대표성을 확보할 수 있다. 당연히 사표 발생률은 최대한 억제할 수 있다. 국민 화합과 통합을 위한 제도적인 장치라고 할 수 있을 것이다.

우리에게는 남은 시간이 별로 없다. 미국에서 앨 고어 부통령의 강연회에 참석했을 때, 그는 지구온난화는 계속 진행되어 이제 다시는 예전으로 돌아가지 못하는 상황에 처해 있다고 했다. 그럼에도 불구하고 계속 지금의 추세로 진행된다면 어떤 파국이 우리 앞에 놓여 있을지 몰라 두렵다고 했다. 우리나라의 경우도 비슷하지 않을까? 이미 변화와 개혁을 위한 최적의 시기는 놓쳤는데, 더 늦춰지면 더 큰 파국이 우리 앞에 다가오는 것은 아닐까? 그렇지 않기만을 바랄 뿐이다.

유능하고, 깨끗하고, 투명한 정부가 우선이다

두 기득권 정당에서 아군인지 적인지 묻는 질문 중의 하나가 '큰 정부냐, 작은 정부냐'이다. 그런데 이 질문은 앞서가는 나라들에게는 맞는 질문일 수 있지만, 우리나라 상황에서는 맞지 않는다고 생각한다. 지금은 크기 이전에 정부를 '유능하고, 깨끗하고, 투명하게' 만드는 것이 먼저이다. 이러한 기본 중의 기본부터 갖춰놓지도 않고 큰 정부, 작은 정부 논쟁을 하는 것은 의미가 없다고 생각한다. 그런 의미에서 두 기득권 정당의 이분법적 흑백논리는 시대착오적이다.

나는 우리나라 정부 조직은 기본적으로 유능한 편이라고 생각한다. 가장 먼저 관심을 두어야 할 부분은 리더이다. 프랑스뿐만 아니라 다른 앞서가는 유럽 국가들에서는 한결같이 해당 분야의 전문가가 실무형 리더로 활약하고 있었다. 전문성을 갖추고 있으면서 동시에 자신의 분야만 바라보는 것이 아니라 인접 분야와의 연관 관계까지 넓게 보는 시야를 갖춘 사람이 많았다. 이러한 리더가 의사 결정을 하니 결정 시기가 빠르고, 결정도 정확하며, 잘못된 결정을 했더라도 재빨리 대책을 세울 수 있었다. 이와 반대로 전문성이 없는 사람이 결정권을 갖게 되면, 많은 전문가들의 도움이 필요하고 그들이 작성한 보고서의 요약본Executive Summary만 보고 판단할 수밖에 없게 된다. 판단하기까지 인력도 많이 필요하고, 시간도 많이 걸리고, 잘못된 판단을 할 확률도 그만큼 높아지고, 잘못된 부분에 대한 대응에도 시간이 많이 소요된다. 따라서 국가적으로 중요한 자리일수록 정치권에서 선물처럼 주어서는 안 된다는 것을 명심해야 한다. 깨끗한 정부, 투명한 정부에 대해서는 '에스토니아에서 배운 것들'에서 다루었으니 참고하기 바란다.

또한 정부는 스스로에 대한 인식의 대전환이 필요하다. 우리 정부는 아직도 옛날의 국가주의와 권위주의적인 시각에서 벗어나지 못하고 있는 것으로 보인다. 모든 일에 앞장

서서 지휘하려고 하고 국민 세금을 자기 돈처럼 생색내며 쓰면서 군림하려고 한다. 그러나 이제는 그러한 시대는 지났다. 지금 정부는 민간에 최대한 자율성을 부여하고 자유롭게 창의력을 발휘하고 도전할 수 있도록 뒤에서 돕는 역할을 해야 한다. 수레를 앞에서 끄는 역할이 아니라, 이제는 뒤에서 밀어주는 역할을 해야 한다. 도우미 정부, '페이스메이커' 정부로 거듭나야 한다.

참고로 페이스메이커는 마라톤에서 정해진 시간 내에 완주하려는 사람들을 위해 시간을 표시하고 앞장서 달리는 사람이다. 네 시간 표시를 단 페이스메이커를 따라 가면 네 시간 내에 완주할 수 있는 셈이다. 그런데 페이스메이커는 앞서 달리는 것 같지만 실제 역할은 다른 사람을 지원해주는 사람이다. 자신은 충분히 더 좋은 기록을 세울 수 있는데도 다른 사람들을 위해 자신의 속도를 기꺼이 늦추는 사람, 한 사람이라도 더 목적지에 다다를 수 있도록 도와주는 사람이 페이스메이커의 본질이다. 우리도 이제는 이러한 페이스메이커 정부가 필요한 때가 된 것이다.

　전략이란 특정한 목표를 달성하기 위한 행동 계획이다. 우리가 가진 인적 자원, 물적 자원, 시간은 한계가 있기 때문에 이를 최대한 효율적으로 사용하여 최대의 효과를 얻기 위한 실행 계획이라고 할 수 있다. 국가 단위에서는 국가가 가야 할 방향에 대한 비전을 세우고 이를 달성하기 위해 국가 전략을 세운다. 여기서 중요한 것은 '전략에 따른 실행'이다. 전략만 짜서 발표하고 실행은 제대로 하지 않거나 엉뚱한 방향으로 가는, 전략 따로 실행 따로가 되어서는 자원만 낭비하고 아무런 결과도 얻지 못한다. 이렇게 되지 않기 위해서는 결정권자가 실행에만 관심을 기울이지 말고 전략 수립 단계 또는 최소한 전략 결정 단계라도 적극적으로 참여하는 것이 필수적이다. 그래야 집행 과정에서 일관성이 유지되고 효율적이고 효과적으로 업무를 수행해 나갈 수 있기 때문이다. 우리나라에서 전략 따로 실행 따로의 모습을 보이는 근본적인 이유도 바로 여기에 있을 것이다.

　프랑스 전략 연구소에서 부소장과 나눴던 이야기 중 기억에 남는 것은 크게 두 가지였다. 첫째, AI와 관련된 국가 전략에 대해 이야기를 나누다가 이세돌과 알파고의 대결이 화제로 올랐다. 프랑스에서는 이 대결을 보고 바로 AI를 국가 전략으로 다루기 시작했다고 한다. 정작 세기의 대결은 우리나라에서 벌어졌는데, 국가 전략은 다른 나라들이 먼저 세우기 시작한 것이다. 우리가 먼저 발 빠르게 나섰으면 얼마나 좋았을까 하는 안타까운 마음이 들었다.

둘째, 국가 전략이 다른 전략들과 다른 점은, 급변하는 시대에 제대로 대응하면서 동시에 사각지대가 생기지 않도록 하는 데 주의를 기울여야 한다는 것으로, 최근 경험에서 나온 말이었다. 내가 두 번째 프랑스를 방문했을 당시 마크롱 정부는 아주 어려운 시기였다. 유류세를 올리는 조세 정책 등으로 중산층과 노동자의 분노가 들끓으면서 '노란 조끼'의 격렬한 시위가 시작되었고, 마크롱 대통령은 지지율 하락의 위기를 겪고 있었다. 프랑스는 국민에 반하는 지도자를 혁명으로 끌어내린 역사가 있는 나라이며, 어떤 권력자도 '통치는 하되 군림하지는 못한다'는 것이 국민 정서라고 한다. 마크롱은 개혁의 방향에 대해서도 반대에 부딪혔지만 권위적인 태도가 더 큰 반발을 샀다. 결국 그는 국민의 의견을 제대로 듣지 않아 죄송하다며 대국민 사과를 했고, 그 후 전국을 돌며 적극적으로 국민을 만나고 소통하는 노력을 하면서 점차 위기에서 벗어나고 있다. 초기에 많은 반대에 부딪혔던 개혁도 일관성 있게 실행해 나가면서 프랑스의 고질적인 문제였던 실업률은 줄어들고, 투자가 늘어나는 등 효과가 조금씩 나타나고 있다. 아직 결론이 나지 않았고 현재 진행형이지만, 국가와 국민의 미래를 위해서라면 지지율이 떨어져도 개혁 과제를 회피하지 않은 덕분이라고 생각한다.

내가 방문 학자로 있었던 독일 뮌헨의 막스 플랑크 혁신과 경쟁 연구소에서는 매년 독일의 국가 혁신에 대한 전략 보고서를 만드는 일을 했다. 나를 초청해주었던 디트마르 하르호프Dietmar Harhoff 소장은 연구자들과 함께 메르켈 총리에게 국가 혁신 전략을 매년 직접 보고했다. 인상적이었던 것은 메르켈 총리가 하르호프 소장으로부터 보고서를 직접 건네받고, 보고서를 품에 안고 연구자들과 함께 사진을 찍는 모습이었다. 의전상 총리는 물건을 직접 받지 않고 보좌진을 통해서 전달받는 법인데, 이 경우는 직접 받는 행동을 통해 '나는 물리학 박사 출신이기에 누구의 도움 없이도 내용을 이해할 수 있으며, 내가 직접 챙기겠다'는 의지를 보여주었다고 하겠다. 실제로 독일에서는 정책이 혁신 보고서대로 실행되는 모습을 볼 수 있었다. 이것이 결정권자가 전략 결정 과정에 참여함으로써 생기는 힘인 것이다.

프랑스가 진통을 겪으며 앞으로 나아가는 동안 우리는 과연 무엇을 개혁했는가 자문해본다. 경제, 교육, 정치 등 면면을 들여다보면 우리는 아직 미래를 제대로 대비하지 못하고 있는 것 같다. 정부는 미래 전략을 실행하기 위해 개혁을 추구하면서 국민과 끊임없이 소통해야 한다. 이 과정에서 정부가 해야 할 일은 크게 세 가지다. 첫째, 세계가 어디로 가고 있는가에 대한 메가 트렌드를 예측하고 미래 담론을 제안하는 것이다. 둘째, 미래를 준비하는 정책을 만드는 것이다. 셋째, 개혁으로 피해를 보는 집단에 대한 세심한 대책을 세우고 소통하고 설득하는 것이다. 또한 마크롱 정부를 보면 국가 전략과 정책의 성과는 아무리 빨라도 2~3년은 지나야 나타나는 만큼, 이에 대한 설득도 필요할 것이다.

인구 문제는 국가의 운명을 좌우한다

나는 예전부터 한 사회가 처한 상황을 총체적으로 잘 보여주는 두 가지 지표가 있다고 이야기해왔다. 바로 자살률과 출산율이다. 자살률은 현재의 삶이 얼마나 힘들고 고통스러운지를 나타내는 지표이며, 출산율은 미래에 대해서 얼마나 희망을 가지고 있는지를 나타내는 지표라고 생각한다. 미래에 우리가 죽고 나서도 우리 아이들이 행복하게 잘 살아갈 것이라고 희망을 가질 때 결혼을 하고 출산율도 높아지는 것이지, 그렇지 않다면 출산율은 낮아질 수밖에 없을 것이다. 그런데 우리나라는 OECD 국가 가운데 자살률 일등, 출산율 꼴찌 국가이다. 우리나라 사람들은 비교 대상 나라들 가운데 가장 현재의 삶이 힘들고 행복하지 않으며, 미래에 대해서도 희망을 가지고 있지 못하다고 해석할 수밖에 없다. 정말 불행한 일이다.

특히 우리나라의 출산율 최저치 기록은 대한민국에서 살기 어렵다는 다수의 암묵적인 공감을 바탕으로 '포기'라는 결과로 나타난 적나라한 현실을 보여준다. 한마디로 '나' 하나 살기도 어려운 세상인데 어떻게 아이를 낳을 수 있는 '희망'을 가질 수 있느냐는 것이다. 이는 가장 열심히 일하는 세대인 청년층과 중년층의 현실이다. 출산율 문제는 특히 민감하고, 어떤 점에서는 상처가 깊다. 미래와 희망을 '포기' 하는 선택을 내린 배경에는 사회 시스템에 대한 불신, 사회가 더 나아질 희망이 없다는 분석과 전망을 개인 스스로 내린 것이기 때문이다.

정치가 해야 하는 일은 무엇인가? 결국 정치는 궁극적으로 이러한 문제를 해결하는 것이 가장 중요한 최종 목표가 되어야 할 것이다. 즉 자살률을 낮추고 출산율을 높이는 것, 다시 말해 국민들이 행복한 삶을 살고 미래에 희망을 가지게 하는 것이라고 생각한다. 여기에 기여하지 못하는 정치가 무슨 소용이 있겠는가?

우리나라는 지난 10년간 150조 원을 들여 출산율 제고 정책에 힘썼다. 그런데 떨어지는 출산율은 나아질 기미를 보이지 않는다. 지금 추세라면 2028년 이후부터 인구가 줄어들기 시작해서 2067년에는 4000만 명 이하로 떨어질 것이다. 우리에게 남은 시간은 별로 없다. 일단 인구가 줄기 시작하면 경제에 미치는 영향은 심각할 것으로 예상된다.

정책이 작동하지 않는 큰 이유 중 하나는, 저출산 대책이 출산 후에 아이를 잘 키울 수 있는 보육과 교육에 집중되어 있기 때문이다. 저출산 현상을 더 거슬러 올라가면 결혼을 하지 않으려고 하거나 하더라도 늦게 하기 때문이다. 또한 미혼이나 만혼의 근본적인 이유는 제대로 된 일자리가 부족하고 거주 비용이 너무 높기 때문이다. 보육이나 교육은 그다음 문제이다. 이러한 상황에서 저출산 대책은 일자리 대책과 주거 대책을 포함하지 않으면 근본적인 해결책이 될 수 없다.

또한 장기 대책뿐만 아니라 단기 대책, 중기 대책도 병행해야 한다. 단기적으로는 출산한 여성들이 경력 단절로 불이익 당하는 일이 없도록 하는 등 여성의 노동 참여율을 높여야 한다. 중기 대책으로 지금은 어렵지만 북한이 국제사회에 개방되고 경제 교류가 가능해진다면 북한의 노동 인력을 활용하는 문제를 검토해볼 수 있을 것이다.

혁신적인 교육이 창의적인 아이들을 만든다

'에콜 42'의 사례는 혁신적인 교육의 힘을 보여준다. 같은 학생이라도 어떤 방식으로 어떤 콘텐츠로 가르치는가에 따라 결과에는 많은 차이가 있는 것이다. 그리고 공부하는 분야에 따라 최적의 공부 방법이 다를 수 있음도 알려준다. 모든 과목에 대해서 동일한 방식으로, 즉 교과서를 공부하고 연습문제를 풀고 시험을 치는 것이 최선은 아니라는 이야기이다.

에콜 42는 코딩에 대해서 최적의 교육 방법을 찾아냈고 이를 실제로 현실에서 구현했다. 쉽게 설명하자면, 코딩이란 컴퓨터가 어떤 문제를 어떤 방식으로 풀어야 되는가를 자세하게 알려주는 일이다. 사람마다 어떤 문제를 푸는 방식이 다르고, 순서가 다르고, 표현이 다르기 마련이어서 같은 문제에 대해서도 코딩의 결과물은 다를 수밖에 없으며, 여기에서 각자의 코딩 경험과 창의력이 발휘된다. 따라서 처음에 코딩의 기본은 교과서에서 배울 수 있지만, 그 후로는 실전에서 부딪쳐가며 실력을 기르는 것이 최선이다. 에콜 42와 같은 접근 방법이 최선이었는데, 기존의 교육 시스템에서 다른 과목과 같은 방법으로 교육을 시키다 보니 교육의 효과도 떨어지고 원하는 교육의 목적도 달성하지 못한 것이다. 콜럼버스의 달걀과도 같은 이야기이다. 그러면 다른 분야에서도 다르게 접근할 필요가 있는 분야가 많을 것이라고 쉽게 추측할 수 있다.

그런 관점에서, 내가 미래 교육 콘텐츠의 하나로 보고 실험적으로 접근한 시도가 독일 바이로이트 대학과 함께 연구했던 '러닝Learning 5.0' 프로젝트였다. 앞으로 아이들 교육은 다음의 세 가지 측면이 중요해질 것이라는 데 생각이 미쳤다. 첫째, 앞으로 피하기 힘든 AI에 대한 이해를 높이고 친숙해지는 것, 둘째, AI가 대신할 수 없는 각자의 창의성을 키우는 것, 셋째, 세계의 경계를 넘나드는 글로벌 시대에 다른 나라의 문화와 다른 나라 사람들과의 소통에 익숙해지는 것이다. 나는 바이로이트 대학과 함께 이 세 가지를 한꺼번에 소화할 수 있는 교육 콘텐츠에 대한 연구를 공동으로 시작했다. 우리는 AI를 다루는 교육, 예술에 대한 이해를 높이는 교육, 한국과 독일, 에티오피아 학생들을 대상으로 AI 번역을 통해 서로 자유롭게 소통하고 교류할 수 있게 하는 콘텐츠를 만들어보고자 했다. 프로토 타입을 만들어서 실제로 작동한다는 것을 보여주는 개념 증명Proof of Concept 단계까지 마무리 짓고, 나는 미국 스탠포드 법대로 옮겨왔다. 우리 교육에서도 앞으로 이런 방식의 다양한 시도와 노력이 있어야 할 것이다.

(왼쪽)바이로이트 대학에서 열린 러닝 5.0 중간 세미나.
(오른쪽)바이로이트 대학에서 열린 러닝 5.0 최종 발표회에서 바이로이트 총장과 한
국, 독일, 에티오피아 선생님들과 함께.

이러한 창의적인 교육과는 별개로, 내가 유럽과 미국을 다니면서 안타깝게 생각했던 것이 우리나라 인재의 유출 현상이었다. 독일 뮌헨에서 살고 있을 때 우리나라에서 독일에 취업하러 온 삼사십대 전문직들을 많이 만날 수 있었다. 우리나라에서 직장 구하기도 힘들고, 가까스로 취직해도 대우가 좋지 않아 결국 낯선 나라로 올 수밖에 없었다는 것이다. 그런데 이런 일이 뮌헨에만 그치는 것이 아니라 어떤 나라, 어떤 도시를 가든 이러한 사연이 있는 학생과 직장인을 많이 만날 수 있었다. 에콜42에서도 마찬가지였다. 마치 우리나라 대탈출의 엑소더스를 보는 것 같은 착각이 들 정도였다.

대학 교수 시절에 맥킨지 컨설팅에서 연구한, 각 나라별 인재 유출brain drain 동향에 대한 보고서를 본 기억이 있다. 1980년대에 미국과 한국은 인재 유입국, 중국은 인재 유출국이었다고 한다. 미국은 세계에서 인재가 몰리고, 한국은 외국으로 유학 가서 현지 대학에 자리를 잡은 사람도 한국 대학에 자리가 나면 다시 돌아오던 시절이었다. 반면에 중국은 살기가 힘들다 보니 일단 외국에서 자리를 잡으면 중국으로 돌아가지 않았다. 그러나 지금은 한국과 중국의 상황이 백팔십도 달라졌다. 그 보고서에 따르면 미국은 여전히 변함없는 인재 유입국인데, 한국은 인재 유출국으로, 중국은 인재 유입국으로 바뀌었다는 것이다. 중국은 형편이 나아지면서 외국 유학을 떠났던 인재들을 다시 블랙홀처럼 빨아들이고 있는데, 한국은 일자리도 부족하고 살기가 어려워서 소리 소문 없이 나라를 떠나서 돌아오지 않는 사람이 많아지고 있다는 것이다.

한 명의 인재가, 한 명의 창업자가 수많은 일자리를 창출하는 시대인 만큼 이것은 심각한 문제이다. 출산율을 다시 높이고 인구가 줄어들지 않게 하는 것도 중요하지만, 인재 유출의 관점에서 문제를 바라보고 이를 해결할 수 있는 정책을 만드는 일도 정말 시급하다 하겠다.

5부
합리와 통합, 정직이 최고의 가치다
독일

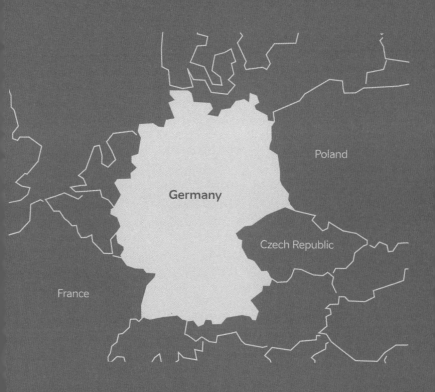

#합리성#과학정신#메르켈#원칙#막스플랑크#통합#통일

Poland

Germany

Czech Republic

France

분열에서 통합을,
폐허에서 기적을 이뤄낸 사회

2018년 9월부터 2019년 9월까지 나는 독일의 막스 플랑크 연구소의 초청을 받아 방문학자로서 여러 연구와 프로젝트를 진행했다. 미국은 예전에 공부를 하면서 살아본 곳이라 익숙했지만 유럽에 대해서는 아는 것이 많지 않았다. 새로운 배움의 시간을 어디서 보내면 좋을지 알아보다가 익숙한 곳이 아닌 낯선 곳에서 더 많이 배울 수 있겠다고 판단했다. 마침 독일의 막스 플랑크 연구소의 소장을 예전부터 개인적으로 알고 있어 기회가 닿았다.

막스 플랑크 연구소는 1911년에 설립된 독일의 민간 비영리 과학 연구 기관이다. 단일 기관으로는 세계에서 가장 많은, 노벨상 수상자 서른두 명을 배출한 곳이기도 하다. 80

여 개의 연구소에서 자연과학, 생명과학 등의 기초 학문과 함께 혁신 전략을 연구한다. 나와 아내는 그중에서 독일 남부 바이에른 주의 주도 뮌헨에 있는 혁신과 경쟁을 연구하는 막스 플랑크 연구소에서 새로운 삶을 시작했다.

우리 부부는 독일에 도착해 여행용 트렁크 몇 개가 전부였던 짐을 가지고, 막스 플랑크 연구소의 방문학자를 위한 아파트로 갔다. 계약 면적 30제곱미터(약 9평) 규모로 방 하나에 주방과 화장실이 전부인 매우 소박한 집이었다. 독일인의 특징은 일상 곳곳에서 느낄 수 있었다. 한번은 아파트 입구에 있는 우편함에 세대마다 이름표를 넣을 수 있게 해놓은 것을 보고 나도 우편물을 받기 위해 이름표를 내 이름으로 바꾸었다. 그런데 아파트 관리인이 이름표를 자꾸 빼버리는 것이다. 나중에 그 이유를 알고 보니, 우편함에 이름을 표시하려면 집 주인, 즉 연구소 측이 허락한 이름만 가능하지, 세입자가 집 주인의 허락 없이 임의로 아무 이름이나 쓸 수 없다는 것이다. 정확하지 않은 것은 허용하지 않는 철저함이 몸에 밴 것이다.

도착한 다음 날부터 바로 연구소로 출근했는데, 첫날 그곳에서 가장 먼저 받은 것은 도서관 사용법 등이 담긴 룰 북 rule book이었다. 기본적으로 지켜야 할 규칙이 무엇인지 숙지할 수 있게 안내해주는 문화에서 독일인은 세세한 부분도 꼼꼼하게 정리하고 규칙을 지킴으로써 다른 사람에게 가능한 한 폐를 끼치지 않으려 한다는 점을 금세 파악할 수 있었다. 연구소 동료들과 이야기를 나누어보니, 독일인은 자동차나 전자제품을 사면 사용설명서를 처음부터 끝까지 읽는다고 한다. 정확한 사실을 중요하게 여기고 규칙과 질서에 맞게 행동하는 분위기 덕분에 독일에서 처음 시작한 생활이 크게 어렵거나 불편하지 않았다. 물론 처음에는 독일어를 잘 몰라서 잘 알아듣지 못한 경우도 많았다. 하지만 독일인은 대부분 친절히 설명해줬고, 합리적인 그들의 사고방식과 문화로부터 배울 점이 많았다.

나는 연구소 소장이 배려해준 덕분에 넓은 연구실을 배정받아 좋은 환경에서 연구할 수 있었다. 처음 연구소 건물에 들어가 보니 신기한 구조가 눈에 들어왔다. 건물 내부에서 보면 가운데가 뻥 뚫려 있고 가운데 있는 큰 계단으로 층간을 자유롭게 다닐 수 있는 구조였다. 2층에는 특허법을 연구하는 법률가들이 있고, 내가 있는 3층에는 혁신을 연구하는 경제학자들이 있었는데, 서로 자연스럽게 마주칠 수 있도록 한 것이다. 또한 2층에 커다란 커피 머신을 공동으로 사용하도록 해서, 커피를 마시러 왔다가 다른 분야의 연구자들끼리 자연스럽게 이야기를 주고받으며 공동 프로젝트가 탄생할 수 있는 환경을 만들어놓았다.

독일을 떠나 지금 내가 머물고 있는 미국 스탠포드 대학의 디 스쿨D school의 구조도 비슷하다. 디 스쿨은 디자인 스쿨의 준말로 법대, 의대, 공대, 디자인 등 다양한 분야의 전공자가 함께 새로운 생각을 디자인하고 문제를 해결하는 융합 학문이 이뤄지는 곳이다. 기업도 참여하여 함께 프로젝트를 진행하기도 한다. 이곳 역시 2층 구조의 건물 내부가 뚫려 있어서 다른 분야 사람들이 어떤 일을 하는지를 서로 한눈에 볼 수 있도록 설계되어 있었다. 다른 분야 간의 벽을 허물기 위해서는 일하는 방식만큼이나 건물 설계나 물리적 환경이 중요하다는 것을 다시 한 번 깨닫는 계기가 되었다. 분야 간의 벽을 허물기 위해서는 조직 개편이나 공동 프로젝트뿐만 아니라 실제 건물의 벽을 허물고 물리적인 공간을 공유하는 것이 중요하다는 뜻이다.

이렇게 아내와 함께 새로운 삶을 시작한 뮌헨은 우리 부부에게 제2의 고향과 같은 곳이 되었다. 정치를 했던 만 6년을 보낸 후 맞은 연구년과도 같은 시간, 나는 그저 묵묵히 뚜벅뚜벅 순례의 길을 걷는 것처럼 하루하루를 충실히 보냈다. 오랜만에 학자의 신분으로 규칙적인 연구 활동을 했고, 집 근처 넓은 공원인 베스트파크에서 사계절을 보내는 동안 하프 마라톤을 거쳐 풀코스 마라톤까지 뛰는 진정한 '러너'로 성장했으며, 궁금한 문제가 있으면 현장으로 찾아가 전문가를 만나 이야기하기 위해 배낭을 메고 떠나는 여행자가 되었다. 부부 두 사람만 왔고 자동차도 사지 않았기 때문에, 도와주는 사람 없이 대중교통을 이용해서 유럽 전역에서 약속 장소를 찾아다녔다. 유럽에서 나는 학자, 러너, 여행자로 살았고, 뮌헨은 소중한 '집'이자 순례의 '거점'이 되었다. 그러니 제2의 고향이라 부르기에 부족함이 없지 않을까.

내가 독일에서 살며 느낀 독일인의 특징은 크게 세 가지다.

첫째, '공동체 정신'이 강하다. 어떤 사람이 어려움을 겪고 있으면 그들은 나서서 도와주려 한다. 교통사고가 났을 때 증인을 찾으려 하면 주위를 지나가던 사람들은 너나 할 것 없이 나선다. 자신의 시간을 많이 빼앗길 텐데도 개의치 않는다. 길에서 조금만 머뭇거려도 얼마 지나지 않아 거의 예외 없이 지나가던 독일인들이 도움의 손길을 건네곤 했다.

둘째, '합리적'이고 '과학적'이며 '실용적'이다. 이들은 정확한 근거가 있는 사실을 굉장히 중요하게 여긴다. 불행하게도 우리나라와는 많이 다르다. 독일인은 사실이 아닌 것을 참지 못한다. 예를 들면, 독일에서는 허위 사실을 담은 가짜 뉴스fake news 게시물을 방치하는 소셜 미디어 기업에 최고 5,000만 유로, 우리 돈으로 약 640억 원의 벌금을 물리는 법안이 지난 2018년부터 시행 중이다.

셋째, '지속 가능성'에 대한 관심이 높다. 제2차 세계 대전을 겪은 탓인지 독일인은 어떻게 하면 다음 세대인 아이들에게 폐를 끼치지 않을 수 있을지 깊이 고민한다. 특히 포퓰리스트 정치인이 무책임하게 국가의 빚을 늘리고 환경을 파괴하는 것은, 현 세대는 누리기만 하고 다음 세대가 피해를 당한다는 점에서 매우 분노한다.

뮌헨을 거점으로 유럽에서 1년여 간 살아보니 지금껏 익숙했던 시스템에서 벗어나 완전히 새로운 경험을 할 수 있었다. 유럽과 미국의 시스템은 전혀 달랐다. 한국과 미국, 독일 모두에서 살아본 경험은 사회 시스템에 대한 질문으로 이어졌다. 그렇다면 어떤 시스템이 사람들을 더욱 살기 좋게 만드는 것일까? 사회 구조적인 문제는 어떻게 해결할 수 있을까? 미국과 유럽의 가장 큰 차이점은 대중교통, 의료비, 교육비였다. 미국은 차가 없으면 불편하고, 의료비와 교육비가 매우 높아 가계비 지출에서 큰 부분을 차지한다. 그러나 유럽에서는 대중교통을 이용해도 불편함이 없고, 의료비와 교육비는 무료에 가깝다. 살아보니 생활 물가도 미국보다 독일이 훨씬 낮았다. 우리나라는 기본적으로 미국 모델을 채용해서 지금까지 발전해왔지만, 부작용이 발생하는 분야들은 유럽 모델을 참고하면서 조금씩 바꿔가야 하지 않을까 하는 생각이 들었다.

특히 내가 독일에 머물던 2019년은 동독과 서독을 가로

막던 베를린 장벽이 붕괴된 지 만 30주년이 되는 해였다. 나는 그들이 어떻게 잘못된 역사를 바로잡고 새로운 미래를 꿈꿀 수 있었는지 궁금했다. 경제 대국으로 성장하며 통일을 이뤄낸 것은 물론, EU를 비롯해 세계를 이끌어가는 강한 나라가 된 그들의 기본 철학이 알고 싶었다. '분열에서 통합'을, '폐허에서 기적'을, '분단에서 통일'을 이뤄낸 힘의 원천은 무엇일까.

안쪽으로 보이는 건물이 막스 플랑크 연구소, 오른쪽이 레지덴츠 궁이다. 막스 플랑크 연구소를 오가는 출퇴근길에 레지덴츠 궁을 지난다. 여름에는 파나마 모자를 쓰고 배낭을 메고 출퇴근길을 다녔다.

(왼쪽) 내 연구실에서 바라본 레지덴츠 궁의 모습.

(오른쪽 위) 막스 플랑크 연구소 연구원들의 세미나 요청으로 'Lessons Learned from Founding Four Different Types of Organizations in South Korea(한국에서 네 가지 다른 형태의 조직 설립으로부터 배운 교훈)'를 주제로 발표를 했다.

(오른쪽 아래) 막스 플랑크 연구소 혁신 파트의 소장인 하르호프 교수는 매년 독일의 국가적 차원의 혁신 전략 보고서를 만들고 있으며, 직접 총리에게 보고한다.

뮌헨에서는 막스 플랑크 연구소에서 방문 학자에게 제공하는 작은 아파트에서 살았다.
(위) 집 안에서 창밖으로 보이던 풍경. (아래) 아내와 나, 둘이 쓰던 작은 식탁.
(오른쪽) 방 하나에 주방, 화장실이 전부인 작은 집.

뮌헨에서 북쪽으로 13킬로미터 떨어진 오베르슐라이스하임.

뮌헨의 도심에서 북동쪽까지 길게 뻗어 있는 방대한 규모의 영국 정원.

막스 플랑크 연구소 바로 앞에 있는 마르슈탈 광장에서는 1년에 한 번씩 무려 전국 80여 개의 막스 플랑크 연구소를 소개하는 행사가 열린다. 각 연구소마다 부스를 가지고 일반 시민들을 맞이하고 설명하는 행사다. 내가 다니던 뮌헨 연구소에 헤드퀴터가 있어서 이곳에서 행사가 열렸다.

영국 정원의 이자르 강에서는 수영을 즐길 뿐만 아니라 빠른 물살 덕분에 서핑을 타는 사람들도 볼 수 있다.

내가 만난
독일

유럽 생활의 거점이 된 뮌헨의 막스 플랑크 연구소 생활을 중심으로, 만날 사람들과 약속이 잡히는 대로 독일의 다른 도시나 다른 나라로 대중교통을 이용하여 이동했다. 독일의 도시들 중에서 소개하고 싶은 곳은 내가 살았던 뮌헨을 포함한 바이에른 주, 베를린, 슈투트가르트, 마인츠 이렇게 네 곳이다. 뮌헨에서의 삶은 『안철수, 내가 달리기를 하며 배운 것들』에서 이야기했으니 여기서는 생략하기로 한다.

① 다하우 강제 수용소

독일에 도착한 첫 주말에는 나치 독일의 강제 수용소로 처음 만들어진 다하우 강제 수용소Dachau Concentration Camp 에 갔다. 뮌헨에서 기차를 탄 후 다시 버스로 갈아타고 간 이곳에서 여러 사람들과 함께 수용소 안내자의 설명을 들으며 현장을 둘러봤다. 직접 눈으로 본 현장은 처참했다. 현장에 전시된 사진들은 이곳에서 얼마나 잔혹한 일들이 일어났는지 아주 구체적으로 알려주었다. 전 세계적으로 널리 알려진 폴란드의 아우슈비츠 강제 수용소와 함께 다하우 강제 수용소는 제2차 세계 대전 때 죄 없는 유대인을 가두고 잔혹하게 학살했던 대표적인 곳이다. 독일인은 물론 전 세계 방문객들의 고개를 숙이게 만드는 참혹한 역사의 현장이다. 독일 학교에서도 학생들에게 필수적으로 이곳을 방문해서 역사에서 교훈을 얻도록 한다고 한다.

독일은 전범과 일반 독일인을 철저하게 분리했다. 전범에 대해 지구 끝까지 쫓아가 체포할 정도로 엄정하게 처벌했다. 그리고 일반 독일인들은 전범들이 저지른 돌이킬 수 없는 잘못과 범죄에 대해 유대인과 인류에게 사죄의 뜻을 거듭 밝혔다. 다하우 강제 수용소와 같은 아픈 역사의 현장

참혹한 역사의 현장인 다하우 강제 수용소에서.

도 스스로 드러내고 생생히 기억하면서 진정 어린 사과를 통해 다시는 그런 우를 범하지 않겠다고 다짐하고 있다. 이 모든 것의 시작이 전범과 일반인의 분리이며, 이것이 독일과 일본의 차이를 만든 시작이 아닐까 하는 데 생각이 미쳤다.

앙겔라 메르켈 독일 총리는 아우슈비츠 강제 수용소를 찾아 묵념을 하고 "전쟁 범죄에 대한 책임을 인식하는 것은 우리 국가 정체성의 일부"라고 말했다. 영화 「조커Joker」를 만든 토드 필립스 감독은 "선과 악을 가르는 잣대는 공감 능력"이라 말했다. 독일의 총리와 국민이 전쟁과 학살에 대해 거듭 사죄하고 용서를 구하는 행위야말로 스스로를 과거에 붙잡아두는 것이 아니라, 전과 다른 방식으로 새로운 미래를 개척해 나가겠다는 의지를 보여주는 것이다.

역사를 대하는 그들의 태도에서 이 시대에 가장 중요한 가치인 정직과 합리, 통합의 실천 정신을 엿볼 수 있었다. 이것이야말로 혁신 국가 독일의 사상적, 윤리적 기반임을 깨달았다.

② 뉘른베르크

바이에른 주에서 뮌헨 다음으로 큰 도시는 뉘른베르크 Nürnberg이다. 뉘른베르크는 제2차 세계 대전 종전 뒤 나치 독일의 전범 재판이 열렸던 곳으로 널리 알려진 곳이다. 뉘른베르크의 엄숙한 역사의 현장에서 나는 '죄와 벌', 그리고

'윤리적 책임'에 대해 생각했다.

　재판이 열렸던 장소 근처에는 국립 게르만 박물관이 있었다. 국립 게르만 박물관은 게르만 민족의 수천 년 역사를 간직한 유물을 전시한 곳으로 그 규모가 엄청나서 하루 종일 봐도 다 둘러보지 못할 정도였다. 박물관에는 시계와 인쇄기, 정밀기계 등 과학적인 유물이 많았다. 우리나라 고려 시대였던 1200년경에 벌써 정밀한 계측기를 만든 것을 보고 감탄이 절로 나왔다. 독일인의 과학 정신은 오랫동안 축적된 역량이었던 것이다.

　게르만 박물관과 독일 박물관을 같은 박물관으로 생각하는 사람도 있는데 사실은 다른 것이다. 게르만 박물관은 국가의 형태와 상관없이 이 땅에 정착한 게르만 민족의 역사를 다루는 박물관이어서 역사는 매우 오래 전으로 거슬러 올라간다. 그러나 독일 박물관은 우리가 알고 있는 독일이라는 나라가 형성된 이후의 역사를 주로 다루는데, 독일이 생긴 지는 겨우 150년 정도밖에 지나지 않았다. 1871년 프로이센의 비스마르크에 의해 통일되기 전까지 300여 개의 작은 나라로 쪼개져 있던 독일은 그전까지 유럽 역사에서 단 한 번도 큰소리를 내본 적이 없었다. 그러나 통일이 된 후에 급격하게 영향력을 늘려가기 시작했다. 제1차 세계 대전이 끝난 뒤 독일 제국 황제 빌헬름 2세가 폐위되고

1919년 바이마르 공화국이 성립되었지만 대공황의 여파로 오래가지 못했다. 1933년 권력을 잡은 히틀러가 독재 정치를 펼치며 다시 제2차 세계 대전을 일으켰고, 전쟁에 패한 독일은 전범국이라는 오명을 쓴 채 동독과 서독으로 나뉘어 분단국가가 되었다. 이러한 아픔을 딛고 합리, 과학, 실용의 가치로 발전을 거듭하며 다시 통일을 이루고 유럽 최고의 국가로 우뚝 서게 되었다.

참고로 뮌헨에는 세계 최대의 과학기술 박물관인 독일 박물관이 있다. 나는 그렇게 많은 과학 기술 관련 전시물들을 모아놓은 것을 본 적이 없다. 한 박물관으로는 부족해서 비행기와 자동차는 각각 다른 곳에 박물관을 지어 전시해 놓을 정도였다. 몇 층 높이의 거대한 증기기관, 선박, 잠수함, 초기의 기계식 컴퓨터를 비롯하여 지하에는 정교하게 설계된, 끝없이 이어지는 다양한 광산을 만들어놓은 것이 매우 인상적이었다. 이 박물관 역시 다하우 강제 수용소와 함께 학생들이 필수적으로 관람해야 하는 곳이라고 한다. 참 부러운 환경이 아닐 수 없다.

③ 암베르크

독일은 '4차 산업 혁명'이 시작된 곳이다. 독일 정부에서는 독일 제조업의 경쟁력을 더욱 높이기 위해서 '인더스트리Industry 4.0'을 시작했다. 제조업과 같은 전통 산업에 IT 신기술을 결합하여 지능형 생산 시스템을 갖춘 스마트 공장을 만드는 것이 원래의 취지였다. 나는 4차 산업 혁명이 시작된 독일의 산업 현장을 직접 보고 싶은 마음에 대표적인 스마트 공장으로 알려진, 암베르크Amberg의 지멘스 SIEMENS 공장을 찾았다.

시골 마을에 있는 공장에 도착했을 때 계단 손잡이에 페인트칠을 하고 분주하게 청소하는 사람들을 많이 볼 수 있었다. 일주일 뒤 메르켈 총리가 방문하기 때문이란다. 이를테면 환경 미화인 셈인데 독일이나 한국이나 이런 건 다 똑같구나 하고 속으로 웃었다. 한편으로는 이곳을 잘 찾아왔구나 싶었다. 독일 총리가 방문할 정도로 독일 내에서도 상징적이고 대표적인 현장을 찾아 온 것이다.

독일은 전통적으로 제조업이 강한 나라다. 지멘스를 비롯해 벤츠, BMW 등 세계적인 대기업뿐만 아니라, 우리에게 잘 알려지지 않았지만 독일의 허리를 떠받치고 있는 강한 중견기업, 즉 '히든 챔피언Hidden Champion'이 많다. 히든 챔피언은 그 분야에서 세계 1~2위를 다툴 정도로 뛰어난 기술력을 가지고 있고, 많은 일자리를 창출해 국가 경제에 기여하고 있다. 독일이 2008년 금융위기를 벗어난 것도 히든 챔피언 때문이었다고 평가받고 있다. 메르켈 총리는 어떻게 하면 독일 산업의 핵심적인 역할을 하는 이러한 제조 업체들의 경쟁력을 더욱 높일 수 있을지 고민했고, 그것이 '인더스트리 4.0'의 시작이었다.

2016년 '다보스 포럼'으로 알려진 세계경제포럼에서는 독일 정부의 인더스트리 4.0에서 영감을 받아 '4차 산업 혁명The Fourth Industrial Revolution'을 그해의 주제로 삼았다. 사실상 독일의 인더스트리 4.0을 새로운 용어로 포장하고 개념을 확대한 것이었다. 어쨌든 4차 산업 혁명의 원조는 독일이라고 할 수 있다.

지멘스 공장 2층에는 공장 전체를 한눈에 내려다볼 수 있게 만든 공간이 있었다. 그곳에 서서 바라보니 축구장보다 더 넓은 규모의 공간이 한눈에 들어왔다. 끝없이 펼쳐지는 공장 전체의 모습에 입이 딱 벌어지면서 감탄사가 절로 나왔다. 더욱 인상적이었던 것은 그 넓은 공장에 사람은 거의 없고 로봇이 열심히 돌아다니고 있는 풍경이었다. 로봇들은 사물 인터넷Internet of Things, IoT을 통해 생산 설비들의 부품 재고 정보를 제공받아서 부품이 떨어지기 전에 미리 공급하는 역할을 하고 있었다. 4차 산업 혁명이 거스를 수 없는 대세라면 없어지는 일자리에 대해서 어떻게 대비할 것인가, 어디서 새로운 일자리를 만들 것인가를 정부 차원에서 미리 고민하고 대책을 세워야 한다는 고민을 하게 된 현장이었다.

베를린

① 베를린 자유 대학교

2019년 5월, 뮌헨을 잠시 떠나 베를린에 갔던 이유는 베를린자유대학교의 긴터 팔틴Günter Faltin 교수를 만나기 위해서였다. 경제학과 교수이자 1985년 '테캄페인Teekampagne'이라는, 홍차를 만들고 수입하는 회사를 창업해 성공을 거뒀던 그는 유럽에서 '창업 대부'로 알려져 있으며, 그가 쓴 책 『아이디어가 자본을 이긴다』는 독일에서 수십만 부가 팔렸고 우리나라를 비롯해 미국, 중국, 일본 등에 소개되었다.

독일에서 만난 사람들에게 한국에서 왔다고 말하면 "좋은 나라에서 오셨네요"라는 대답을 종종 들었다. 독일인은 한국 하면 삼성, LG의 스마트폰을 떠올리며 IT 강국이자 빠르게 발전하는 나라라는 이미지를 가지고 있었다. 독일인들이 스스로 가장 아쉽게 생각하는 부분이 너무 신중하고 빠르게 대처하지 못한다는 점이다. 한국은 물론이며, 국가가 주도하는 중국이나 민간이 주도하는 미국과 비교하면 변화가 느리다는 것이다. 독일 전문가들은 독일의 미래 경쟁력에 대해서는 낙관하지 못하고 있었다.

독일의 미래 전망이 어떠한지 팔틴 교수에게 묻자 그는 자율주행 자동차 등 일부 분야에서는 세계 추세를 따라

가고 있지만, AI 등 다른 분야에서는 경쟁국에 뒤처져 있다고 답했다. 독일은 원래 미국의 실리콘밸리처럼 완전히 새로운 제품으로 바꾸는 파괴적 혁신Disruptive Innovation보다 기존 제품을 한 걸음씩 개선하는 점진적 혁신Incremental Innovation에 강점이 있는 나라이다. 과거에는 독일의 이러한 장점이 위력을 발휘했다. 지속적으로 개선되는 제품의 품질을 다른 나라에서는 따라잡기 힘들었다. 그러나 이제는 수시로 패러다임이 바뀌는 시대이다. 이러한 시대에 독일은 어떻게 대처해야 할까.

팔틴 교수의 해답은 그의 전문 분야답게 '창업'이었다. 독일은 유럽의 다른 나라에 비해 창업이 활발하지 않았지만, 이제는 정부 차원에서 적극적으로 국가 전략을 수립하고 예산도 배정해서 창업 생태계 조성을 하고 있다고 한다. 독일 내에서 창업이 가장 활발한 곳은 베를린이다. 베를린은 수도이지만, 뮌헨에 비해 물가도 싸고 집값도 낮은 대신 창업 인프라가 잘 갖추어져 있어서 창업에 적격이라고 한다. 현재 베를린 스타트업 생태계는 불과 2~3년 만에 대규모 해외 투자를 유치하고 10만 개 이상의 새로운 일자리를 만들었다. 만약 영국이 유럽연합에서 탈퇴하면 베를린이 유럽에서 제일가는 창업 도시가 될 것이라는 게 그의 설명이었다.

창업은 단순한 돈벌이 수단이 아니라, 더 나은 세상을 만들기 위한 행위라는 그의 말은 예전부터 내가 가졌던 생각과 동일했다. 팔틴 교수는 정치 시스템이 자연스럽게 민주주의 체제로 발전해왔듯이 경제 시스템도 일반 시민의 참여로 독과점 체제를 넘어 민주화가 되어야 한다고 말했다. 우리 모두를 위해 더 나은 경제를 만들기 위한 가장 적극적인 참여 방식이 바로 창업이라는 것이다.

물론 독일이라고 완벽한 것은 아니다. 문제점들도 많으며 우리와 역사나 문화가 달라서 성공 사례라도 바로 적용하기 어려운 점들도 있다. 독일은 독일의 방식대로 우리는 우리의 방식대로 문제를 해결하되, 우리 입장에서는 그들의 좋은 측면은 배우고 시행착오에서는 교훈을 얻으면 되는 것이다. 팔틴 교수와 시간 가는 줄 모르고 대화를 나누다 보니, 내가 처음 창업을 했던 시절이 문득 떠올라 가슴이 뭉클했다. 그리고 창업 도시로 다시 심장이 뛸 가까운 미래의 베를린을 상상하며 연구실 문을 나섰다. 창업이라는 말은 언제 들어도 설레는 건 어쩔 수 없나 보다.

② 장벽 공원과 포츠담 광장

1989년에 베를린 장벽이 무너지고 30년이 흐른 지금, 그 당시 독일 통일의 현장을 지켜본 이십대의 젊은이들은 이제 오십대가 되어 각계각층에서 중심 역할을 하고 있고, 통일의 주역이었던 이들은 칠팔십 대가 되었다. 시간은 흘렀지만 그들이 간직하고 있는 통일에 대한 기억은 생생했다. 독일의 누구를 만나 물어봐도 모두 스토리들이 있었다.

팔틴 교수와 약속을 잡은 후 베를린에 있는 통일 전문가 세 분과도 추가로 약속을 잡았다. 뮌헨에서 베를린까지 고속 기차로 편도 4시간이 걸리기 때문에 가능한 한 많은 사람을 만나고 올 생각이었다. 베르크호프Berghof 재단의 한스 요아힘 기스만Hans Joachim Giessmann 박사, 데틀레프 퀸Detlef Kühn 前 독일문제연구소장, 노르베르트 바스Norbert Baas 前 주한 독일 대사였는데 모두들 흔쾌히 시간을 내어 주셨고, 독일 통일 과정과 남북한 관계 해법에 대한 조언을 들을 수 있었다.

2006년부터 2009년까지 주한 독일 대사로 재직했던 노르베르트 바스 전 대사와는 장벽 공원Mauerpark에서 만나 이야기를 나누었다. 장벽 공원은 베를린 시내를 가로지르던 베를린 장벽의 일부를 옛날 형태로 복원하여 시민들에게 개방한 공원이다. 베를린 장벽은 1961년 동독에서 도망가는 주민들을 막기 위해 높은 콘크리트 벽을 설치했던 것이 시초였다. 바스 전 대사와 공원 앞의 높은 전망대에 올라 옛 베를린 장벽을 내려다보면서 독일 분단의 역사와 함께 한반도 정세에 대한 이야기도 나누었다. 북한의 비핵화가 이루어져야 한반도의 평화가 가능할 텐데 지금으로서는 쉽지 않아 보인다는 등의 많은 이야기를 해주었다.

베르크호프 재단의 한스 기스만 박사는 재단이 더 넓은 사무실로 막 이사를 끝낸 참이라 한창 짐을 정리하는 바쁜 가운데서도 시간을 내어주었다. 주로 빌리 브란트 전前 총리가 동구 공산권 국가와의 관계 정상화를 위해 추진한 외교 정책인 '동방 정책'과 한국의 통일 정책에 대한 서로의 생각을 나누었다. 기스만 박사는 베르크호프 재단의 대표 Executive Director, 함부르크 대학의 평화 연구 및 안보 정책 연구소 부소장, 세계경제포럼의 테러리즘에 대한 글로벌 아젠다 의장 등을 역임한 안보 전문가이다.

그는 오래전부터 "독일의 통일을 '복제'해서 한반도 통일의 모델로 삼으려는 시도는 환상에 불과하다"는 주장을 일관되게 펼치고 있었다. 그의 결론은 남북한은 독일과는 다른, "궁극적으로 자신들만의 통일 방안을 찾아야 한다"는 것이다. 독일을 벤치마킹하는 데는 한계가 있고 근본적인 문제가 서로 다르다는 이야기다.

그는 통일을 서두르기보다 한 민족, 두 국가를 인정하는 공존이 시작이라고 말했다. 서로가 많이 다르다는 사실을 인정하고 점진적 변화를 모색하면서 균형을 찾는 것이 중요하다고 강조했다. 국제법에 따라 서로의 행동을 상호 규제하는 안정된 틀을 갖추고 신뢰를 쌓아야 한다는 조언도 잊지 않았다. 남북이 서로의 정통성을 인정할 수 없겠지만, 일시적 타협점을 찾아 당면한 문제들을 점진적으로 해결해 나가야 한다는 것이다. 그러니 독일의 통일 과정을 그대로 따르기보다는, 통일 이후의 대응 방법에서 교훈을 얻는 것이 현실적이라는 이야기였다.

마지막으로 만난, 여든이 넘은 데틀레프 퀸 전 소장은 1991년까지 약 20년간 독일 문제 연구소를 맡아 독일 통일에 큰 공헌을 했던 통일 전문가이다. 그가 주로 맡았던 일은 동서독 간의 민간 교류 확대를 통한 동서독 주민의 민족 동질성 유지 문제였다. 그에 따르면, 처음에 서독은 동독을 구소련의 허수아비로 생각하고 무시했지만, 그들의 체제가 유지되면서 위협적으로 다가오자 큰 충격을 받았다고 한다. 서독은 동독을 변화시키기 위해서는 그들의 존재를 인정할 수밖에 없었다. 상대의 존재를 인정하지 않고서는 대화를 할 수 없었기 때문이다.

한때는 '동독에 대한 서독의 경제적 지원이 과도하다', '지원에 대한 대가가 부족하다'는 비판을 비롯하여 서독 내 이념 대립과 정치적 갈등이 심했다고 한다. 서독 정부는 이대로는 안 된다고 생각하여, 동독에 민간 교류와 인권 개선에 대해 당당히 요구하기 시작했다. 통일만 바라보며 일방적으로 휘둘리는 관계를 맺지 않고 관계 정상화를 추구했다. 물론 이러한 정책이 효과를 본 이유는 동서독 모두 평화를 지켜야 한다는 공감대가 있었기 때문이었다고 덧붙였다.

돌아오는 길에 포츠담 광장Potsdamer Platz에 들렀다. 지하철역 밖으로 나오니 베를린 장벽의 잔해 일부가 넓은 광장 한 곳에 세워져 있었다. 과거에는 장벽을 기준으로 동쪽과 서쪽이 완전히 달랐을 텐데, 30년이 지난 지금은 그 어느 곳에서도 분단의 흔적을 찾기 어려웠다. 소니 센터 등 화려한 빌딩 숲 사이에 장벽의 흔적만이 작은 섬처럼 남아 있었다.

독일은 제2차 세계 대전을 일으킨 전범 국가로 패전 후 분단 국가가 되었다. 그런데 우리나라는 전쟁의 가해자가 아니라 피해자였는데도 분단국가가 되었다. 그 결과로 한국전쟁이라는 동족상잔의 비극을 치렀고, 지금도 국가 경제 규모에 비해 많은 국방 예산을 쓸 수밖에 없는 처지에 놓이게 되었다. 너무나 억울하고 원통한 일이다.

뮌헨으로 돌아오는 고속 기차 안에서 나는 꿈을 꾸었다. 언제가 될지 모르지만 우리도 통일이 된다면 어떤 일이 생길까. 베를린처럼, 아니 그보다 더 멋진 도시를 만들 수 있지 않을까. 그 때가 되면 지금의 휴전선은 도심 군데군데 흔적만 남게 되고, 우리의 자손들은 역사책이나 영화로 분단 시대의 이야기를 알게 되지 않을까. 베를린 마라톤의 주자들

이 동서독의 경계에 있던 브란덴부르크문Brandenburger Tor
을 구동독 지역에서 구서독 지역으로 가로지르며 결승선을
통과하듯이, 우리도 휴전선을 가로지르는 기쁨을 전 세계
인과 나눌 수 있는 국제적인 마라톤 대회가 생기지 않을까.

베를린의 알테스 박물관. 베를린 시내에는 우리나라의 여의도와 같은 섬이 있는데
대표적인 박물관들이 모여 있어서 '박물관 섬(Museumsinsel)'이라 불린다.

베를린 박물관 섬 내에 있는 베를린 대성당.

구동독 쪽에서 바라본 브란덴부르크 문. 독일 분단 시절에는 베를린 장벽을 바로 앞에 둔 동독 영토였다.

베르너 페니히 베를린 자유 대학교 교수와 브란덴부르크 문 앞에서 만나 독일 분단
시절에 대한 이야기를 들었다.

독일 의회 앞에서 베르너 페니히 교수로부터 나치 독일 시절의 이야기를 들을 수 있었다.

공원 앞의 높은 전망대에 오르면 옛 베를린 장벽을 내려다볼 수 있었다.

베를린 장벽의 일부를 옛날 형태로 복원한 장벽 공원에서 노르베르트 바스 전 주한
독일 대사와 함께 이야기를 나누었다.

독일인은 자신들이 누렸던 혜택을 다음 세대가 충분히 누릴 수 있거나 더 많이 누려야 한다고 생각한다. 그래서 태양 에너지, 풍력과 수력 발전, 수소 에너지 등의 재생 가능한 에너지에 대한 관심이 크고 세계적으로 앞선 기술력을 자랑한다. 독일은 정부에서 에너지 전환 정책을 주도해 신재생 에너지를 생산, 보급하는 데 적극적으로 나섰다. 그 결과 독일경제연구소에 의하면, 2018년 기준으로 신재생 에너지 발전량은 전체 생산의 35퍼센트에 해당하는 2,287억 킬로와트시kWh에 달했다.

나는 독일의 에너지 산업 경쟁력을 알아보기 위해 전력 회사인 바덴뷔르템베르크전력EnBW을 방문하러 슈투트가르트Stuttgart로 갔다. 슈투트가르트는 벤츠의 본사가 있는 곳으로도 유명한 도시이다. 기차를 타고 갔는데 우여곡절이 많았다. 뮌헨 역에서 파리로 가는 기차였는데 출발부터 아주 늦었다. 그래도 슈투트가르트는 주요 도시여서 가는 데는 문제가 없을 줄 알았다. 그런데 독일 열차Deutsche Bahn 앱을 보니 도착 시간이 표시되지 않았다. 승무원에게 물어보니 너무 늦어 슈투트가르트는 서지 않고 그냥 통과한다는 것이 아닌가. 중간 역에 내려 다른 기차를 타느라고 고생한 끝에 겨우 시간에 맞춰 회사에 도착할 수 있었다. 독일 기차가 독일 사람들처럼 초 단위까지 정확하다는 말은 옛말이었던 것이다. 그 이야기를 전해들은 EnBW 임원들은 독일 정부에 대한 불만을 털어놓았다. 최근에는 도통 도로나 기차, 인터넷과 같은 국가 인프라에 투자를 하지 않다 보니 여기 저기 수많은 문제들이 발생한다는 것이다. 독일 기차도 네덜란드 기차에 비해서 훨씬 못하다는 이야기도 덧붙였다.

나는 혼자 갔는데 EnBW에서는 총괄 부사장, 신사업 담당 부사장, 홍보 담당 임원 등 다섯 명이 나왔다. 자신들의 회사에 대해서도 설명하면서 우리나라의 상황도 알고 싶어 했다. 외국 회사를 방문해보면 당장 필요하지 않더라도 새로운 정보를 얻을 수 있는 기회를 중요하게 여기는 사람들이 함께 회의에 참석하는 경우가 가끔 있는데, 이 경우도 그랬던 것 같다.

EnBW는 신재생 에너지 관련 기술을 보유하고 있는 회사로, 대표적으로 독일의 북쪽에 있는 바다인 북해 한가운데에 수많은 풍력발전기를 설치하여 운영하고 있다고 한다. 오래전부터 지속적인 연구 개발에 투자한 덕분에 앞서 갈 수 있다고 하며, 앞으로 전기자동차가 보편화되면 더 한층 신재생 에너지 전력 수요가 급증할 것이라고 예상한다.

또한 독일 정부는 2050년까지 전체 전기 소비 비중의 80퍼센트 이상을 신재생 에너지로 채운다는 계획인데, 자신들이 생각하기에도 벅찬 목표이기는 하지만 해볼 만하다는 자신감에 차 있었다.

우리나라에 바로 적용하기는 어려울 것이라는 조언도 덧붙였다. 신재생 에너지의 가장 큰 단점은 태양광이나 풍력이 시간에 따라 변동하기 때문에 연중 일정량의 전기를 생산하기가 힘들다는 것인데, 독일은 유럽의 한가운데 위치해 있어서 전기가 부족할 경우에는 연결되어 있는 전력선을 통해 다른 나라의 전기를 수입하는 것이 쉽다는 것이다. 그런데 우리나라는 북쪽은 막혀 있고 중국과 일본도 바다 건너 있다 보니 전기 문제는 자체적으로 해결해야 하니 독일처럼 신재생 에너지에 올인하기는 어려운 상황으로 판단한다는 것이다.

원래는 한 시간으로 예정된 일정이었지만 서로 열정적인 대화를 하다 보니 어느새 세 시간이 훌쩍 지나 있었다. 뮌헨으로 돌아가는 저녁 열차는 문제가 없기를 바라며 슈투트가르트 역으로 출발했다.

독일 바덴뷔르템베르크 주의 주도 슈투트가르트의 슐로스 광장. 12월 초였는데 독일은 크리스마스 한 달 전부터 도심 주요 광장에 크리스마스 시장을 연다.

(왼쪽) 슐로스 광장에는 아이들이 직접 탈 수 있도록 기차와 선로를 만들어놓았다.
(위) 슈투트가르트의 신 궁전으로, 예전에 왕이 살던 곳인데 지금은 주정부 청사로 쓴다.

마인츠

나는 현재 미국의 엑스프라이즈XPRIZE 재단과 함께 미세먼지 해결을 위한 '클린 에어 프로젝트'를 진행 중이다. 엑스프라이즈는 인류가 당면한 문제를 해결하기 위해 큰 상금을 걸고 이를 해결한 사람에게 큰 상금을 주어 문제를 해결하는 미국의 비영리 단체다. 상금으로 혁신을 촉진하는 방법은 오래전부터 있어왔다. 처음 대서양을 비행기로 횡단하는 데 상금을 걸어서 찰스 린드버그의 대서양 횡단이 이뤄진 것이 대표적인 예다. 덕분에 그 시기가 앞당겨져서 항공 기술과 산업 발전에 큰 역할을 했다.

미세먼지에 대한 조사를 하다가 마침 바티칸의 교황청에서 유럽 내 손꼽히는 학자들을 모아 공기 오염에 대한 세미나를 한 영상을 우연히 볼 수 있었다. 그 세미나에서 기조 발표를 한 사람이 프랑크푸르트 인근 도시인 마인츠Mainz에 있는, 막스 플랑크 화학 연구소의 요스 렐리펠트Jos Lelieveld 소장이었다. 뮌헨의 막스 플랑크 연구소에 있다고 하니 흔쾌히 만나겠다고 해서 쉽게 약속을 잡을 수 있었다.

렐리펠트 소장은 독일인이 아닌 네덜란드 사람이었다. 독일이 가장 자랑스러워하는 연구소의 소장으로 외국인을 임명한 것부터 신선했다. 그리고 그만큼 전문성과 수준 높은 문제 해결 능력이 있는 사람이라는 증거이기도 했다. 대학에서 대기화학을 전공한 그의 이야기를 들으면서 많은 것을 배웠다. 렐리펠트 소장과의 대화에서 인상적이었던 부분은 크게 세 가지였다.

첫째, 지구 온난화가 우리 인류가 안고 있는 가장 심각한 문제라는 데 공감했다. 여러 노력에도 불구하고 이산화탄소는 계속 쌓여서 이제는 다시 예전 상태로 돌아가는 것이 어려울 지경에 이르렀다는 것이다. 이산화탄소는 한 번 생기면 100년 이상 없어지지 않아서 되돌릴 수 없다는 것이다. 그런데 지금의 상태가 더 지속된다면 얼마나 심각한 재앙이 벌어질지 자신도 알 수 없다면서 문제의 심각성을 강조했다.

독일에서 미국으로 온 직후에 앨 고어 전 대통령의 강연을 직접 들은 적이 있다. 영화 「불편한 진실Inconvenient Truth」이 나온 지 13년이 지났지만 상황은 훨씬 악화되었다는 것이다. 지금 배출되는 이산화탄소의 양은 매일 1억 5,200만 톤에 달한다고 한다. 그에 따라 역사상 가장 더운 열아홉 해 가운데 열여덟 해가 2000년 이후에 집중되었다고 하며, 극지방 얼음이 녹아 바다 수위가 올라가고, 태풍이 강력해지고, 폭우와 가뭄이 반복되며, 극심한 산불이 발생하는 등 뉴스에 나온 수많은 사례를 보여주었다. 이에 따라 이상 기후로 인한 최근 2년간 경제적 손실이 700조 원에 달한다고 한다. 이러한 문제점을 렐리펠트 소장도 지적한 것이다.

그러나 렐리펠트 소장의 고민은 '지구 온난화', '이상 기온'이라고 하면 일반인들을 포함한 정치인들이 심각하게 생각하지 않는다는 것이다. 따라서 렐리펠트 소장은 전략을 바꾸었다. '공기 오염'이나 '미세먼지'를 먼저 이야기하는 것이다. 당장 건강에 나쁜 영향을 주는 것이기에 많은 사람들과 정치인들이 관심을 가지게 되고, 이 문제를 해결하면서 자연스럽게 지구 온난화 문제 해결로 넘어갈 수 있다는 것이다.

둘째, 전문가는 논문만 쓴다고 자신의 책임을 다하는 것이 아니라, 전문 분야에서의 중요한 지식을 일반인들도 쉽게 이해할 수 있도록 널리 알려야 한다고 믿고 있었다. 특히 공기 오염이나 미세먼지 문제를 근본적으로 해결하기 위해서는 정부의 역할이 필수적인데, 전문가가 아무리 열심히 정부에게 이야기를 해봤자 말을 듣지 않는다는 것이다. 정부를 움직일 수 있는 유일한 힘은 대중에게 있기 때문에, 대중을 설득해야 정부를 움직일 수 있고 세상을 바꿀 수 있다고 생각하고 있었다.

이 부분은 나도 전적으로 공감한다. 나는 지금까지 이 책을 포함하여 열네 권의 책을 썼다. 처음에는 전문 서적을 주로 썼으나, 점차 대중 서적을 쓰는 것으로 바뀌어갔다. 조금이라도 사람들의 생각이 바뀌어야 삶이 변하고 문제가 해결될 수 있다고 믿기 때문이다.

셋째, 거시적이고 종합적인 시각으로 문제를 바라보는 것이다. 한 가지 예로 렐리펠트 소장은 미세먼지 문제를 해결하려 할 때 주의할 점이 있다고 강조했다. 단순하게 한 가지 성분만 제거하는 데 집착해서는 안 된다는 것이다. 대기 성분은 여러 가지 요소로 구성되어 있는데 서로 간에 복잡하게 영향을 미치기 때문에, 하나의 나쁜 요소만 낮추거나 제거할 때 생각하지도 못한 또 다른 문제를 만드는 결과가 될 수도 있다는 것이다. 예를 들어 미세먼지를 제거하기 위해 많은 양의 전기를 사용하면, 그 전기를 만들기 위해 화력발전소에서 더 많은 미세먼지를 발생시켜서 오히려 전체적으로 미세먼지가 더 악화되는 식이다. 따라서 문제 해결을 위해서는 한 가지 성분만 보지 말고 전체를 보고 접근하라는 충고였다. 우리가 살고 있는 환경은 기본적으로 이러한 복잡계이기 때문이다.

나는 지금도 마인츠를 찾아간 인연으로, 렐리펠트 소장과 종종 이메일로 연락하며 미세먼지 문제에 대한 조언을 구하곤 한다. 누군가를 만나는 일은 시간과 노력이 필요하지만, 책이나 영상에서 얻을 수 없는 지식과 열정, 그리고 통찰력을 공유한다는 점에서 참 의미 있는 일이다. 독일에서 만난 사람들은 이렇게 하나같이 인상적이었다. 그들을 통해 어떻게 살아가야 하는지부터 사회 구조를 어떻게 바꾸어야 하는지에 이르기까지 새롭게 깨달은 것이 많다.

독일 라인란트팔츠 주의 주도 마인츠의 마인츠 대성당. 1000년이 넘는 역사를 가진 대규모의 성당으로, 독일 3대 성당 중 하나다.

제1차 세계 대전 때 전쟁 비용 모금을 목적으로 만들진 것이다. 돈을 낸 사람들은 여기에 기부 규모에 따라 다른 못을 박았다.

MAX-PLANCK-INSTITUT
FÜR CHEMIE
(OTTO-HAHN-INSTITUT)

Hahn-Meitner-Weg 1

마인츠에 있는 막스 플랑크 화학 연구소의 표지판과 건물.

독일에서
배운 것들

독일에 온 지 넉 달째인 2019년 1월 1일 새해 첫날을 맞았을 때, 나는 높이 2,962미터로 독일에서 가장 높은 산 추크슈피체Zugspitze에 올랐다. 1926년에 이미 산 정상까지 케이블카를 설치했을 정도이니 독일의 기술력은 놀라울 뿐이다.

추크슈피체는 바이에른 주와 오스트리아의 티롤 주 사이에 위치한다. 독일 쪽에서 정상에 올라가면 정상 중 절반은 오스트리아의 땅이다. 정상에서 다리 하나를 건너면 오스트리아로 넘어가게 된다. 참고로 독일에는 남부에 산이 많고 북부로 갈수록 평지가 많다. 독일 북부에 있는 베를린이 가장 평평한 곳이어서 베를린 마라톤에서 세계 신기록이 자주 나오곤 한다. 새해 첫날 오른 추크슈피체의 정상에 다다랐을 때 엄청나게 춥긴 했지만 운 좋게도 날씨가 맑았다. 눈 닿는 끝까지 360도 모든 곳이 환하게 보였다. 새해에 대한 희망과 함께 비로소 먼 이국땅에 와 있다는 실감이 들었다.

나는 독일에 와서 '좋은 나라', '살기 좋은 나라'의 기준을 다시 바라보게 되었다. 그 기준은 바로 정직과 사실을 중시하는 합리적인 사고, 공동체 의식을 갖춘 시민의식, 누구나 불만 없이 따를 수 있는 규칙, 공정한 경쟁이 가능한 시장경제, 후손을 생각하는 지속 가능한 발전과 환경 보호, 국민을 통합시키는 정치 등이다. 이중에서 독일에서 살면서 깨달았던 점들 다섯 가지를 함께 나누고자 한다.

추크슈피체에 가기 전에 먼저 가르미슈파르텐키르헨 역에서 내렸다.

2019년 1월 1일 추크슈피체 정상에서.

앞에서 이야기한 것처럼 독일인의 합리적인 면모는 정말 놀라울 정도다. 질서를 잘 지키고, 정확한 사실을 중시하며, 약속을 지키려는 책임감도 대단하다. 한번은 내가 살던 아파트로 수도 검침을 하러 온다는 편지가 온 적이 있었다. 그런데 편지에 적힌 약속 날짜는 언제 몇 시에 온다는 게 아니라 '10시부터 12시 사이에 가겠다'고 쓰여 있었다. 왜 약속 시간을 특정하지 않고 넓게 잡는지 독일인 친구에게 물어보니 "고객과의 약속을 꼭 지키기 위해서"라는 것이다. 방문 시간을 특정하면 약속을 못 지킬 가능성이 있지만, 마감 시간을 정해놓으면 약속을 지키기가 수월하기 때문이다. 못 지킬 약속은 하지 않는 대신 약속하면 반드시 지킨다는 말처럼 들렸다. 그래서 독일인은 사소한 일이라도 지키지 못할 것 같으면 아예 말하지 않는다고 한다. 책임지지 못할 말은 하지 않고, 일단 말하면 책임지는 것이다. 그래서 독일인이 잘 모르는 사람에게는 과묵한 것처럼 느껴지는 건 아닐까 하는 생각이 들었다.

여기에는 사회적인 평판도 매우 중요하게 작용한다. 거짓말을 하거나 불법을 저질러서 평판이 나빠지면 해당 업계에 다시는 발을 들여놓기 힘들기 때문이다. 미국 실리콘밸리도 그렇고 독일 역시 도덕적인 문제를 일으켜 한 번 낙인이 찍힌 사람은 다시 같은 일을 하기가 어렵다. 실패한 사람은 언제든 기회를 잡을 수 있어도, 평판을 잃은 사람은 다시는 발을 붙이기 힘든 구조이다.

우리나라는 불행하게도 그렇지 않은 것 같다. 나는 벤처기업 CEO로 회사를 운영하는 동안 정말 많은 사기꾼을 보았다. 나는 다행히 사기를 당한 적은 없었지만, 그중에는 지금도 사람들을 속이며 뉴스에 오르내리는 사람들도 있다. 우리나라에는 사회적인 평판이나 업계의 평판이 잘 작동하지 않는 것이 큰 이유일 것이다.

나는 우리나라가 사회적인 평판에 둔감한 이유와 가짜 뉴스가 범람하는 이유가 비슷하다고 생각한다. 인터넷을 통해 넘쳐나는 정보들 중에는 사실이 아닌 이야기도 많지만 대부분 사람들이 너무 바쁜 나머지 그 정보가 진실인지 아닌지를 밝힐 겨를이 없다. 거짓된 이야기를 그냥 믿기도 하고, 거짓으로 판명이 나도 이미 사람들의 관심사는 다른 곳으로 옮겨간 다음이다. 사실이 아닌 이야기가 득세하기 좋은 환경일 수밖에 없다. 게다가 사실과 거짓을 구분해주어야 할 언론에 대한 대중의 신뢰가 떨어진 것도 사태를 더욱 악화시키고 있다. 독일처럼 정직과 사실을 바탕으로 사회적 평판을 중시하는 합리적인 사회로 나아가야 하는데 현실은 안타깝게도 점점 멀어지는 상황이다.

더욱 큰 문제는 AI 기술이 발달함에 따라 이러한 상황은 더 심각해질 것이라는 데 있다. 지금은 가짜 뉴스를 퍼트리기 위해 가짜 사진, 가짜 음성, 가짜 비디오를 만들어도 기술이 완벽하지 않기 때문에 빨리 가짜임을 판별할 수 있다. 그러나 AI 기술을 사용하여 자동으로 진짜와 가짜의 차이점을 없애면 어떻게 될 것인가? 이렇게 만들어지는 가짜 사진, 음성, 비디오를 딥 페이크Deepfake라고 한다. AI 학습 방식인 딥 러닝과 가짜 뉴스의 합성어이다. 극단적인 예로 선거 하루나 이틀 전에 상대 후보에 대한 가짜 비디오를 터트린 후보가 당선되면 어떻게 할 것인가? 독일의 많은 전문가들은 한국의 드루킹 댓글 공작처럼 네이버의 모든 주요 정치 뉴스에 거의 1억 건에 달하는 댓글과 좋아요를 퍼트린 것은 세계 민주주의 역사상 전무후무한 일이라고 한다. 그러면 우리나라가 또 다시 주요 선거에서 딥 페이크를 사용한 최초의 나라가 되지 말라는 법은 없지 않은가?

단기적인 해결책은 우선 독일처럼 가짜 뉴스에 대해서 엄청나게 많은 벌금을 물리는 것이다. 한 번 발각되면 평생 갚으려 해도 못 갚을 정도의 벌금을 물리는 것이다. 일벌백계의 효과, 즉 한 사람을 벌주어 백 사람에게 경각심을 일으키는 효과가 있을 것이다.

선거법도 기술 발전에 따라 손볼 필요가 있다. '한 번 당선되면 끝'이라는 생각이 들지 못하게 해야, 이러한 시도를 해서 사회를 어지럽히는 일이 사라지게 될 것이다.

근본적으로는 정직한 사회, 투명한 사회, 합리적인 사회가 되는 것이 중요하다. 정부는 스스로 획기적으로 투명성을 강화하는 노력을 해서 우리나라가 신뢰 사회로 나아갈 수 있도록 초석을 깔아야 한다. 또한 정부는 국민이 마음 놓고 합리적인 가치를 추구할 수 있는 상식적인 사회의 기반을 만드는 일들을 해야 한다. 그래야 모든 사람이 서로를 믿으며 정직을 중요시하는 합리적인 분위기로 바뀌게 될 것이다. 정직과 합리는 미래 국가의 힘이자 경쟁력이 될 것이다.

국민 통합이 이뤄져야 미래로 나아갈 수 있다

'통합'은 독일의 핵심 가치라고 할 수 있다. '따로 또 같이'를 추구하는 것이다. 선과 악, 동지와 적, 정의와 불의라는 흑백논리에서 벗어나서 다양성을 존중하는 공동체를 생각하면 된다. 독일 이외에도 우리가 부러워하는 행복 국가들은 모두 지금 우리나라가 겪고 있는 문제를 정치적 대타협이나 사회적 대타협을 통해 합의하고, 힘을 합해 미래로 나아간 나라들이다. 자기의 생각을 하나도 바꾸지 않고 상대를 적으로 돌리기만 해서는 사회 통합도 국가 혁신도 불가능한 것이다.

독일은 제2차 세계 대전 이후 콘라트 아데나워에서 메르켈 총리까지 스물두 번 정부를 구성하면서 단 한 번도 단독 정부의 모습을 보인 적이 없었다. 다른 정당과 연정을 통해 타협하면서 힘을 모았다. 이념적 극단주의, 민족주의, 전체주의 등 독일 현대사의 비극을 겪으면서 '나도 옳지만, 너도 옳을 수 있다' 또는 '나도 틀릴 수 있다'는 반성과 성찰 끝에 대화와 타협으로 공존하는 정치를 추구하는 것으로 생각된다. 이념이나 진영이 달라도 정책적 수렴점을 찾아내 정치적 효율성을 높이는 것이다.

또한 근본적이고 중요한 혁신일수록 장기적이며 일관된 정책의 실행이 필요한데, 정권이 바뀔 때마다 정책이 바뀐다면 예산만 낭비되고 아무런 효과도 얻지 못할 것이다. 이 또한 다른 정치 세력 간에 협상과 타협의 과정을 거치는 것이 필요한 이유이다.

독일은 다양하고 복잡한 사회적 갈등을 대화와 타협 그리고 합의를 통해 해결에 이르는 방법을 제도화했다. 가장 중요한 제도적 장치는 두 가지이다. 다당제를 만들어내는 정당 명부식 비례 대표 제도 그리고 다른 정당과 함께 정부를 구성하는 연정의 전통이 그것이다.

정당 명부식 비례 대표 제도는 국민이 특정 정당에 투표한 비율대로 의회의 구성이 정해지는 제도이다. '민심 그대로 선거 제도'라고 할 수 있다. 이러한 제도하에서는 자기의 표가 사표가 될까봐 이길 확률이 높은 정당에 표를 주는 일은 발생하지 않는다. 다른 고민을 할 필요 없이 자기의 생각과 맞는 정당에 투표하면 되는 것이다. 반면에 우리나라의 선거 제도는 사표가 많이 발생하는 제도이다. 특히 국회의원 선거처럼 소선거구제에서는 각 선거구마다 한 사람만 당선되다 보니, 1등 후보를 지지한 민심만 반영되고 다른 후보를 찍은 민심은 모두 폐기 처분된다. 이것이 전국적으로 모이면 민심의 지형과는 전혀 다른 국회가 구성되는 것이다. 거대 양당은 과대 대표되고 나머지 정당은 과소 대표된다. 이를 학습한 유권자는 다음 선거에서는 자신이 지지하는 정당보다 마음에 들지 않더라도 거대 양당 중 자기에게 조금이라도 더 가깝게 느껴지는 정당에 투표하게 되는 것이다.

또한 정당 명부식 비례 대표 제도에서는 특정 정당이 과반을 넘기는 의석을 차지하기 힘들기 때문에, 안정된 국정 운영을 위해서는 제1당이 다른 당과 함께 손을 잡아 정부를 구성하는 연정이 필요하다. 그런데 연정을 합의하기까지 아주 긴 시간이 소요된다. 모든 세부적인 정책까지 합의해서 일종의 계약서를 쓰고 국민에게 공개하기 때문이다. 다른 정당 간에는 서로 정책이 다를 수밖에 없기에 서로의 타협점을 찾기 위해 치열한 대화와 타협을 거친다. 그렇게 완성된 계약서는 세세한 정책들이 전부 담긴 책 수준의 두꺼운 분량이 되고, 이러한 과정이 완료된 다음에야 연정이 시작된다. 이후에는 잡음이 별로 없는 협치가 이뤄진다. 합의에 도달하기까지의 과정 덕분에 유연한 중도적 통합이 가능해지는 것이다. 그렇게 정치권에서 서로 타협하고 협상하고 통합을 이루는 분위기 속에서 독일 국민들도 자연스럽게 통합될 수밖에 없지 않나 싶다.

독일인의 공동체를 위한 높은 시민 의식도 국민 통합에 큰 역할을 한다. 그들은 개개인의 자율을 존중하면서도 동시에 공동체의 힘을 믿는다. 앞에서 간단하게 언급했지만, 다른 나라들에서는 교통사고가 났을 때 주변에서 목격자를 찾기가 힘든 경우가 많다. 남의 일에 간섭하는 것을 싫어하는 데다가, 경찰서에 출두해서 진술서를 작성하는 등 내 시간을 쓰고 싶지 않기 때문이다. 독일은 정반대다. 교통사고가 나면 어디서 나타났는지 모르게 많은 사람들이 서로 증인이 되어주겠다며 나선다고 한다. 공동체의 구성원으로 당연히 나서는 것이 시민의 의무라고 생각한다. 나도 그런

일을 당할 수 있고 그럴 때 나도 다른 사람들의 적극적인 도움을 받을 수 있다고 믿는다. 공동체를 믿는 것이다. 이러한 통합의 문화는 독일이 하나의 공동체로 잘 유지되도록 만드는 힘이라고 생각한다.

반면에 지금의 우리나라는 통합은커녕 갈등이 최고조에 달한 상태이다. 한때는 우리도 모두 한 마음으로 공동체를 위해 희생을 마다하지 않았던 때가 있었다. 가까운 예로 IMF 외환 위기 때 국가가 위태로워지자 온 국민이 금 모으기 운동에 나서지 않았던가. 그러나 그 후 20년이 지난 지금, 분위기는 완전히 변해버렸다. 사람들은 더 이상 공동체를 위한 희생을 당연하게 생각하지 않는다. 공동체를 위한 희생의 자리에 불공정과 불신이 자리 잡았기 때문이다. 그리고 이러한 사회 문제를 해결하고 갈등을 해소해야 할 책임이 있는 정치가 제 역할을 다하지 못하고 있기 때문이다. 오히려 편 가르고 갈등 조장하고 국민 분열시켜서 자기들 정치권력을 유지하려 하는 모습을 보이고 있다.

정치와 전쟁은 다르다. 정치에서의 상대는 국가 번영이라는 공동 목표를 공유하면서도 서로가 믿는 가치를 위해 치열하게 싸우는 경쟁자이다. 전쟁에서의 상대는 죽여야 할 적이다. 그러나 한국에서의 정치 문화는 상대를 경쟁자가 아니라 적으로 대한다. 정치가 아니라 전쟁을 하고 있는 것이다. 우리나라의 현 상황은 마치 내전을 방불케 한다.

민주주의는 '생각이 다른 사람들이 함께 살아가는 지혜'이다. 서로 생각이 다른 것이지 생각이 틀린 것이 아니다. 그러나 우리나라 정치에 만연해 있는 진영 논리는 생각이 다른 사람을 생각이 틀린 사람으로, 적으로 규정한다. 반면에 내 편의 생각은 틀린 생각도 옳다고 여긴다. 한 가지 생각으로 몰아가고 한 가지 생각만 강요하는 것은 전체주의이지 민주주의가 아니다. 즉 진영 논리는 민주주의를 파괴하고 민주주의에 반하는 논리인 것이다.

또한 우리나라에서는 정치 조직이 국민을 분열시키는 가짜 뉴스의 최대 진원지이다. 특정 정권이나 정당 차원에서 여론 왜곡을 통한 민심 조작 행위가 만연해 있다. 선거에 이기기 위한 이미지 조작에만 능하다. 선거에서 이기는 목적이 국민보다 자기 편 먹여 살리기에만 관심이 있다 보니, 선거에 이기기 위해 수단 방법을 가리지 않는 악순환이 반복된다.

지지자에 대한 문제도 있다. 독일의 한 지한파 지식인으로부터 이런 말을 들은 적이 있다. 우리나라 정치를 보고 있노라면 이상하다는 것이다. 정치인이 국민들의 이익을 위해서 싸우는 것이 정상인데, 우리나라에서는 국민들이 정치인의 이익을 위해서 싸운다는 것이다. 국민은 국가의 주인이고 정치인의 주인이다. 주인인 국민의 이익을 위해 정치인이 싸우는 것이 민주주의의 기본이다. 그런데 주인이어야 할 국민이 오히려 정치인의 이익을 위해 싸우는 하인이 되어버린 것을 스스로 깨닫지 못하는 것이다.

주인인지 하인인지를 판단하는 기준은 간단하다. '맞는 것은 맞고 틀린 것은 틀린 것이다'라고 생각하면 주인이다. '내 편이면 맞고 상대편이면 틀린 것이다'라고 생각하면 하인인 것이다. 아무리 내가 지지하는 정치인이라도 잘못된 것은 잘못되었다고 해주어야 잘못을 고치고 더 잘될 수 있는 것이다. 내 편이니까 무조건 맞다고 하면 잘못된 것을 고치지 않아서 결국 그 대가를 치르게 된다. '내 편이면 무조건 맞고 상대편이면 무조건 틀리다'는 생각이 지나치게 만연한 비합리적인 나라는 미래가 없는 나라이다.

그러나 나는 우리나라에는 진영 논리에 휘둘리지 않는 합리적인 사람들이 훨씬 많다고 믿는다. 그래서 우리나라가 유지되고 미래에 대한 희망을 가질 수 있는 것이라고 생각한다.

독일의 정치학자 막스 베버는 합리적 교환(타협)에 기반을 둔 정치를 주장한 바 있다. 이제는 편 가르기와 사익 추구의 정치를 멈춰야 한다. 불필요한 곳에 에너지를 낭비하는 일을 멈추고 국민의 뜻을 정치적 현실로 만들어야 한다. 습관과도 같은 정치의 갈등을 줄이고 무너진 공동체 의식을 바로잡는 통합의 길로 나아가야 한다. 무엇보다 대한민국의 국가 비전이 통합을 바탕으로 한 지속적인 연속성을 갖기 위해서는 정치 개혁의 문제로 돌아가야 한다.

정치 개혁의 목표는 무엇인가? 바로 '대한민국은 지금 미래로 가고 있는가'라는 물음에 대한 해답을 구하는 과정이라고 생각한다. 이를 위해서는 세 가지가 필요하다. 첫째, 정치 리더십의 교체이다. 정치권의 과거 지향적이고 분열적인 리더십을 미래 지향적이고 통합적인 리더십으로 바꾸어야 한다. 둘째, 낡은 정치 패러다임의 전환이다. 87년 민주화 이후 지역주의와 결합하여 우리 정치를 지배해온 진영 정치 패러다임을 실용 정치 패러다임으로 전환해야 한다. 그래서 합리적 개혁을 위한 협상과 타협이 이루어질 수 있도록 제도화에 나서야 한다. 셋째, 정치권 세대교체라는 정치 개혁 과제가 이루어져야 한다.

지금 우리에게는 해결해야 할 갈등과 과제들이 너무나 많다. 임금 격차 해소 등의 경제적 불평등, 산업구조 개혁을 통한 미래 산업 생태계 구성, 학제 개편을 통한 교육 제도 정비, 노동 개혁과 연금 개혁 등 국민 모두와 함께 의견을 모아 넘어야 할 산들이 줄을 서 있다. 이 산들을 무사히 넘기 위해서는 통합보다 중요한 사회적 가치는 없다. 진영에 치우치지 않고, 기득권 이해 집단에 쏠리지 않으면서 많은 의견을 모을 수 있어야 한다. 이 과정에서 대화하고 타협하고 통합할 수밖에 없도록 만드는 것이 바로 진정한 정치 개혁일 것이다.

기업 간 공정한 경쟁이 경제를 다시 살린다

독일은 중견 기업이 강한 나라이다. 지멘스, BMW, 벤츠와 같은 세계적인 대기업도 있지만 많은 중견기업들이 경제의 허리를 담당하고 일자리 창출을 담당하면서 국가 경제의 든든한 버팀목이 되어준다. 이러한 중견 기업의 대표격으로 뮌헨 근처의 아우크스부르크Augsburg에 있는 쿠카로보틱스Kuka Robotics를 방문한 적이 있었다. 공업용 로보트를 만들어서 대기업들에 납품하는 회사였는데, 지멘스의 의료용 장비에 납품을 하고 있었다. 지멘스도 충분한 기술력을 가지고 있고 로봇 시장의 전망도 좋으니 직접 만들 수도 있을 텐데, 굳이 쿠카로보틱스의 제품을 사용하는 이유가 무엇인지를 물었다. 지멘스는 자신들이 만드는 의료용 장비 자체의 경쟁력에 모든 힘을 쏟고, 로봇의 경쟁력 향상은 쿠카로보틱스와 같은 전문 기업에 맡긴다는 것이다. 그리고 쿠카로보틱스가 지멘스의 다른 경쟁 회사에 납품하는 것을 막는 일도 없었다고 한다. 대기업이 모든 것을 독식하거나 불공정한 거래 관계를 맺지 않고 전문 중견기업들과 함께 성장하는 것이, 독일에서 많은 중견기업들과 히든 챔피언이 생겨나고 잘될 수밖에 없는 비결이었던 것이다.

지금으로부터 약 40년 전 미국에서 그 당시 대형 컴퓨터 회사였던 IBM이 개인용 컴퓨터를 만들기로 결심하고 제일 먼저 한 일은 기술력 있는 하청 업체를 찾는 것이었다. 아주 작은 중소기업이었던 인텔에게는 개인 컴퓨터에 필요한 칩을, 신생 벤처 기업인 마이크로소프트에게는 운영체제를 맡겼다. 이후의 결과는 우리가 잘 알고 있듯이 하청 업체였던 인텔과 마이크로소프트가 원청이었던 IBM과는 비교할 수 없을 만큼 큰 회사가 되었다. 벤처 기업이나 중소기업이 계속 성장해서 새로운 대기업들이 계속 만들어지는 구조인 것이다. 이렇게 독일이나 미국과 같은 사례가 가능한 경제 생태계가 건강한 생태계인 것이다.

우리나라는 불행하게도 그렇지 못하다. 우리나라는 중소기업들이 중견기업으로 성장하지 못해서, 수십 년 전과 똑같은 소수의 대기업과 생겨났다 없어지는 수많은 중소기업이 존재하는 구조이다. 중소기업이 중견 기업을 거쳐 새롭게 대기업이 되는 사례도 찾기 힘들다. 허리가 없고 역동성이 없이 정체된 경제 구조인 셈이다. 중견기업이 없으니 새로운 일자리도 생겨나지 않는다. 내가 벤처 기업 CEO를 했던 20년 전이나 지금이나 이러한 문제점은 근본적으로 해결되지 않았다.

이렇게 된 데는 두 가지 원인이 있다.

첫째, 대기업과 중소기업 간에 힘의 차이가 워낙 커서 공정한 거래 관계가 이루어지기 어렵기 때문이다. 제조업의 경우, 대기업의 하청을 받고 있는 중소기업의 입장에서는 대기업에서 단가 인하를 요구하고 다른 대기업에 납품하는 것을 막아도 거기에서 벗어날 수가 없다. 비유를 들자면 대기업과 독점 계약을 맺는 순간 그 대기업의 '동물원'에 갇혀서 불공정한 요구에서 빠져나갈 수가 없는 것이다.

대기업의 수직 계열화, 즉 혼자서 모든 것을 하면서 다른 중소기업에게는 기회를 주지 않는 경우도 있다. 예를 들어 우리나라 영화 산업을 보면 대기업에서 영화를 기획, 투자, 제작, 배급하고 영화관까지 운영한다. 그러다 보니 중소 제작사에서 아무리 좋은 작품을 만들어도 대기업 계열 영화관에서 새벽이나 심야 상영을 해버리면 관람객들이 알 도리가 없다. 반면에 대기업 계열 제작사의 작품은 좋은 시간에 많은 스크린에서 상영하게 되면 아무래도 관람객들이 많이 선택할 수밖에 없다. 결국 대기업의 대형 제작사가 계속 1등을 유지하는, 자연적으로 독과점이 지속되는 구조가 된다.

다른 선진국에서는 그렇지 않다. 미국의 파라마운트 사

는 약 70년 전인 1948년에 정부의 제소로 '보유한 영화관을 모두 매각하라'는 법원 판결을 받았다. 시장 독과점에 따른 소비자 피해와 산업 발전 저해를 우려한 판결이었다. 그 후 미국은 영화 제작사가 영화관까지 소유하는 일은 없어졌다. 영화산업은 하나의 예이지만, 대기업의 이 같은 수직계열화 문제는 우리 산업 전반에 걸쳐 있다.

인력 빼가기 문제도 있다. 대기업에서는 좋은 기술력의 벤처 기업을 인수하기보다 핵심 기술 인력만 빼가는 것이다. 중소기업에서 힘들게 키운 유능한 인력을 월급 두 배 주면서 빼앗아가는 것이다 인력 수급에 어려움을 겪는 작은 회사는 그대로 무너지고, 대기업은 시행착오나 투자비용 없이 기술과 인력을 쉽게 확보한다. 건강한 산업 구조라면 반대의 일이 일어나야 한다. 대기업이 신입사원들을 뽑아 열심히 교육하고, 대기업에서 잘 훈련된 우수한 인재들이 새로운 벤처를 창업하고, 이들이 다시 대기업에 인수 합병돼 대기업에 활력과 경쟁력을 제공하는 선순환 구조가 되는 것이 가장 바람직하다. 그러나 우리나라에서는 반대의 일이 벌어지고 있는 것이다.

이러한 구조 속에서는 중소기업이 중견기업으로 성장하고 히든 챔피언이 되는 것을 기대하는 것은 무리이다.

둘째, 정부의 시장 감시 역할이 제대로 이뤄지지 않고 있기 때문이다. 산업화 초기에는 정부가 대기업을 키웠다. 나라에 도움만 된다면 대기업들이 하청 기업들에게 횡포를 부려도 나 몰라라 해왔던 것도 사실이다. 그런데 지금까지도 이러한 일이 벌어지고 있는데 정부에서 이를 그대로 둔다면 그것은 책임을 방기하는 것이다. 이렇게 대기업 위주의 불공정한 기업 생태계가 유지되면 향후 대한민국 경제 발전의 큰 걸림돌이 될 수 있다. 이는 결국 대기업에도 좋지 않은 일이다. 새로운 혁신은 대부분 벤처기업과 중소기업에서 생겨나기 때문이다.

해결책 중 하나는 정부의 시장 감시 기관인 공정거래위원회(공정위)를 개혁해서 제대로 일하게 하는 것이다. 공정위가 경제 부처와는 다른 목소리를 내고 싸우는, 준사법 기관으로서의 역할에 충실하게 만드는 것이다.

나는 독일 공정위 사람들의 이야기를 듣고 신선한 충격을 받았던 적이 있다. 독일 통일 후 서독의 경제 부처들이 베를린으로 옮겼을 때, 공정위는 본Bonn으로 이전했다는 것이다. 같은 도시에 있다 보면 경제 부처와 공정위 직원들이 자주 마주치게 될 수밖에 없는데, 친숙해지면 본연의 역할을 하기 힘들 수 있다고 판단해 다른 도시로 옮겼다는 이야기였다. 미래 유착 가능성을 사전에 차단한다는 독일인의 지혜에 고개가 끄덕여졌다. 참고로 우리 공정위는 경제 부처가 세종시로 옮길 때 함께 이전했다.

공정위가 경제 부처에 대한 준사법 기관으로서 역할을 제대로 하려면 독립성, 권한, 투명성을 강화해야 한다. 독립성 강화를 위해서는 공정위 위원들의 상근직 비율을 높이고, 국회 동의를 받도록 해야 한다. 또한 현재의 3년 임기를 5년으로 늘리는 방안도 검토할 필요가 있다. 미국과 일본은 모두 임기 5년을 보장한다. 권력자의 입맛대로 공정위 구성을 바꿀 수 없도록 하는 제도적 장치라고 한다.

또한 빠뜨리지 말아야 할 것이 투명성 강화다. 공정위 결정 사항은 전체 회의록을 모두 공개해 누가 어떤 주장을 했고, 어떤 원칙에 따라 결정에 이르렀는지를 투명하게 공개해야 한다. 불투명성에 따른 오해의 소지도 줄이고, 유사한 사례의 다른 기업들에도 바람직한 행동을 유도하는 좋은 지침서가 될 수 있기 때문이다.

대기업과 중소기업이 실력만으로 공정하고 치열하게 경쟁하는 산업 구조와 시장 환경을 만드는 것만이, 우리 경제가 다시 성장할 수 있는 유일한 방법이라고 확신한다.

환경 문제 해결은 우리 아이들을 위한 일이다

독일에서는 환경에 대한 시민들의 기준이 굉장히 높다. 2019년 5월, 유럽의회 의원을 뽑은 선거에서 드러난 결과는 독일 정부에 대한 국민의 불만이 매우 크다는 사실을 보여줬다. 유럽의회는 EU의 입법 기관으로, 28개 회원국의 시민들에 의해 5년에 한 번씩 직접 선거로 선출된다. 나라별로 의석수가 정해져 있는데, 각 국가 내에서 어느 당이 의원으로 많이 뽑히는가에 따라 정치 지형이 달라진다. 지난 선거에서는 메르켈 총리의 기독교민주연합CDU이 28퍼센트 득표라는 사상 최악의 성적표를 받으면서 "메르켈의 시대는 저물고 있다"는 평까지 받았다. 반면 녹색당이 약진했는데 내가 살았던 뮌헨 지역에서 녹색당의 성적이 가장 좋았다.

내가 봤을 때 독일 정치와 환경문제에 대한 대처가 우리나라에 비해서는 낫다고 생각했는데, 독일의 젊은 세대의 기준은 더 높았던 것 같다. 그만큼 독일은 지속 가능한 발전과 환경에 대한 높은 기준과 관심이 나라를 움직이는 또 하나의 힘이다.

특히 전 세계적으로 대기 오염은 정말 심각한 문제다. 최근 막스 플랑크 화학 연구소의 렐리펠트 소장의 연구 결과에 따르면, 미세먼지로 인한 초과 사망자 수가 전 세계에 연간 880만 명에 이르고, 이는 흡연 사망자 수보다 많다. 대기오염이 흡연보다 해롭다는 뜻이다. 초과 사망자 수란 일반적으로 예상되는 사망자 수보다 얼마나 더 많은 사람이 사망하는가에 대한 통계치이다. 더 큰 문제는 초과 사망의 가장 큰 원인이 우리나라에서 문제가 되고 있는 초미세먼지 때문이라는 사실이다. 초미세먼지는 너무 작다 보니 폐를 통해 별 어려움 없이 혈관 내로 들어가서 심근경색이나 뇌졸중 등 심혈관계 질환을 일으켜 사망에 이르게 한다. 미세먼지가 호흡기질환이 아니라 심혈관계 질환으로 사람의 생명을 위협하는 것이다. 정부가 당장 효과를 보지 못한다고 근본적인 대책을 계속 미뤄서는 안 되는 이유이다.

미래에는 미세먼지가 전 세계적으로 더 큰 문제가 될 전망이다. 현재 77억 명에 달하는 세계 인구가 2050년이면 약 100억 명이 될 거라는 예측이 많다. 이 인구 대부분은 도시에서 살게 될 테고, 그렇게 되면 전 세계의 거의 모든 신흥 도시들이 미세먼지로 고통받을 가능성이 큰 것이다.

나는 미국의 엑스프라이즈 재단과 협업하여 전 세계의 연구자들을 대상으로 미세먼지 문제를 제대로 해결하는 연구자나 팀에게 큰 상을 주는 방법을 시도하고 있다. 정부의 노력 이외에도 민간에서 다양한 방법으로 해결 방법을 찾는 노력이 시급하다고 생각해서 시작한 일이다. 다른 엑스프라이즈 상들과 마찬가지로 시간은 몇 년 걸리겠지만 결국은 획기적인 해결 방법을 찾을 수 있을 것으로 기대한다.

통일은 사건이 아니라 과정이다

독일의 통일 전문가들은 베를린 장벽이 무너지고 통일을 한 지 얼마 되지 않았을 때는 한국에 조언해주고 싶은 말이 상당히 많았다고 한다. 예컨대 "이렇게 하면 한국도 우리 독일처럼 통일할 수 있어"처럼 말이다. 하지만 최근에 만나본 독일 전문가들은 한결같이 그런 자신감이 없다고 한다. 이제는 상황이 많이 달라서 자신들의 경험이 그대로 적용되기에는 무리가 있다는 것이다. 내가 생각하기에도 독일이 통일될 때와 현 남북한의 상황은 나섯 가지 면에서 큰 차이가 있다.

첫째, 독일은 남북한처럼 한국 전쟁이라는 동족상잔의 비극을 겪지 않았다. 동서독은 서로에게 총부리를 겨눈 적이 없었지만, 남북한은 같은 민족끼리 서로를 죽여야만 했다. 전쟁의 상처는 깊고 적대감도 크다.

둘째, 북한은 스스로 핵무기를 개발해 핵을 보유하고 있기 때문에, 독일 통일에 비해서 훨씬 어려운 상황이다. 트럼

프와 김정은의 몇 차례 만남에도 불구하고 북한은 핵무기를 포기할 생각이 없다. 아마도 우크라이나가 핵 폐기를 하고 안보를 보장받았으나 결국 이 약속이 휴지 조각이 되는 것을 본 이후여서, 북한이 핵을 포기한다는 기대를 하기는 더욱 어려울 것이다.

셋째, 동서독 간에는 지속적이고 활발한 교류가 있었던 반면에, 남북한은 인적 교류와 정보가 상당 부분 차단되어 있다. 동서독은 통일되기 직전까지 라디오, 텔레비전 방송을 시청하고 편지를 주고받았음은 물론 인적 교류도 많았다고 한다. 동독은 서독 주민들이 얼마나 잘살고 있는지 알 수 있었다. 민간단체들은 문화를 매개로 교류했고, 교회는 신앙 차원에서 동서독을 하나로 만들어준 교류의 핵심이었다. 그에 비하면 남북한의 교류는 전무하다고 표현해도 무리가 없을 것이다. 이러한 상황이 지속될수록, 서로간의 동질성을 유지하기는 점점 더 힘들어질 것이다.

넷째, 독일은 정부가 아닌 국민 스스로가 통일을 원했다. 특히 서독 사람들보다 동독 사람들이 더욱 통일을 원했다. 독일의 통일은 위로부터가 아니라 아래로부터, 정치인들이 아니라 국민들이 원해서 된 것이다. 반면 우리의 통일 논의는 정부 차원에서 접근하는 측면이 크다. 또한 남북한 주민들의 생각도 독일이 통일될 때와는 다르다,

서울대 통일 평화 연구원이 발표한 '2019 통일 의식 조사'를 보면 '희망하는 통일 한국의 체제'를 묻는 질문에 '남한의 현 체제 유지(44.9퍼센트)'와 '남북한 두 체제 유지(21.7퍼센트)'라는 답변이 과반수를 넘었다. 국민 3명 중 2명이 통일과 같은 변화를 원하지 않는 것이다. 또한 북한 주민을 대상으로 한 의식 조사 결과에 따르면, 북한 주민의 중국 친밀감은 매우 높은 반면에 남한에 대한 친밀감은 훨씬 낮다고 한다. 이러한 상황이 지속된다면 만약 북한 정권이 붕괴된다고 해도 북한 주민들은 한국 대신 중국행을 선택할지도 모른다. 독일과는 상황이 많이 다른 것이다.

다섯째, 남북 간의 경제 규모 차이가 동서독 간에 비하면 매우 크다. 독일이 통일될 당시 경제 규모를 보면, 동독은 서독의 4분의 1 정도의 수준이었다. 서독은 통일이 되자마자 화폐를 1:1로 바꿔주면서 막대한 돈을 쏟아부었고, 통일 독일은 그 후로 오랫동안 경제적으로 힘든 시기를 보내야 했다. 안랩 CEO 때 읽었던 영국 경제 주간지인 「이코노미스트」 기사가 기억이 난다. 베를린 장벽이 무너진 지 만 10년이 된 1999년에 「이코노미스트」는 표지 기사로 '유로화의 병자The sick man of the euro'를 내보냈다. 그 기사에서 독일 통일이 아직 성공이라고 말할 수 없는 이유는 경제가 여전히 힘들기 때문이라고 했다. 물론 이제는 통일의 위력을 발휘하며 유럽에서 으뜸인 나라가 되었지만, 통일이 경제에 미치는 효과가 어느 정도인가를 보여주는 사례가 될 것이다. 참고로 지금도 독일 국민들은 통일 관련 세금을 내고 있는 중이다.

남북 간의 차이는 동서독 간의 차이와는 비교할 수 없을 정도로 크다. 통계청이 발표한 '2019 북한의 주요 통계 지표' 자료에 따르면 남한과 북한의 경제적 격차는 무려 53배에 달한다. 우리가 인구는 두 배쯤 많고 1인당 소득은 스물여섯 배 정도 높다. 서독과 동독은 서유럽과 동유럽에서 부유한 나라들이었다. 그럼에도 통일 과정에서 발생한 비용 때문에 경제적으로 아주 어려운 시절을 보내야 했다. 독일의 통일 전문가들은 한결같이 만약 남북한이 통일이 된다고 하더라도 독일 통일 때처럼 화폐를 1:1로 바꾸는 식으로 당장 경제를 통합하기보다는 경제적으로는 두 체제를 유지하면서 서서히 안착할 수 있도록 해야 한다고 조언했다.

이러한 다섯 가지의 커다란 차이점 때문에 독일의 통일과 우리의 통일에 이르는 길은 다를 수밖에 없을 것이다. 그러나 독일에서 배울 점이 한 가지 있다. 독일은 통일을 목적으로 삼지 않았다는 것이다. 동서독은 활발한 상호 교류를 통해 민족의 동질성을 유지하면서 동시에 동서독 간 평화를 유지하고자 노력했다. 통일은 이러한 노력이 효과를 발

휘하고, 시대적인 상황이 잘 맞은 결과 자연스럽게 이루어
진 것이다. 우리도 정부 차원에서 통일부터 외치기보다는,
남북 간 평화를 유지하면서 북한이 국제사회의 정상적인
일원으로 참여할 수 있도록 개방으로 이끄는 것을 목적으
로 삼아야 한다. 통일은 이러한 수많은 과정들을 하나씩 거
치면서 조금씩 가시화될 수 있는 것이다. 즉 통일은 갑자기
눈앞에서 이루어지는 사건과 같은 것이 아니다. 통일은 지
금도 느리고 역주행하기도 하지만, 한걸음 한걸음씩 진행
되고 있는 과정인 것이다.

얼마 전 2015년에 개봉한 마이클 무어의 다큐멘터리 영
화 「다음 침공은 어디?Where to Invade Next」를 보았다. 영화
속에는 1989년, 정과 끌을 가지고 베를린 장벽을 두드리는
사람이 나온다. 두꺼운 벽은 꿈쩍도 하지 않았지만 밤새도
록 두드리니 작은 구멍이 생겨서 장벽 너머 지나다니는 사
람들이 보이기 시작했다. 더 열심히 두드리자 구멍은 더욱
커져 결국 사람이 통과하게 되었다. 참 감동적인 장면이었
다. 우리도 언제가 될지 모르지만 미래에는 더 감동적인 장
면을 맞이하리라 기대한다.

"순례의 길은 아직도 진행 중이지만 지금까지 보낸 시간이
헛되지 않았던 것 같다. 그렇지 않고서는 이렇게 가슴 따뜻한,
정말 뜻 깊고 충만한 시간을 갖지 못했을 것이다.
이제껏 그래왔듯이 나는 앞으로도 이렇게 소중한 인연들에
감사하는 마음으로, 내가 할 수 있는 일들에 최선을
다하면서 나의 길을 묵묵히 걷고자 한다."
_『안철수, 내가 달리기를 하며 배운 것들』중에서

독일 뮌헨에 있는 명예의 전당.

유럽에서 발견한 나의 꿈

의사를 그만두고 1995년 안철수연구소를 창업했을 때 내가 품었던 꿈은 하나였다. 정직하고 깨끗해도 사업에서 성공할 수 있다는 것을 증명해 보이는 것이었다. 그 당시는 기업이나 경영인이라면 흠도 좀 있고 법을 어겨도 당연하다는 게 일반적인 통념이던 시절이다. 그렇지만 나는 아무리 작은 기업이라도 정직하고 깨끗하게 경영할 수 있고, 성공할 수 있다는 것을 증명해보고 싶었다. 그것이 나의 꿈이었다.

정치를 처음 시작했을 때도 처음 회사를 창업했을 때처럼 소박한 꿈이 하나 있었다. 정직하고 깨끗해도 정치적으로 성과를 내고 세상을 바꿀 수 있다는 것을 증명해 보이는 것이었다. 그런데 소박하다고 생각했던 그 꿈을 이루기가 이렇게 어려울 줄은 몰랐다.

대선 패배 후 내가 여론 조작의 최대 피해자였던 사실이 밝혀진 뒤에도 나는 이에 대해 아무 말도 하지 않았다. 독일의 지한파 지식인 말대로 세계 민주주의 역사상 초유의 사건이 벌어졌음에도 그들의 죗값은 말도 안 되게 약했다. 국가의 운명을 좌우하는 선거를 정직하지 못하고 깨끗하지 못한 방법으로 더럽혀도 많은 사람들은 어쩔 수 없다고 생각한다. 스포츠 도핑에 대해서는 정도와 관계없이 그토록 엄격하게 생각하면서 말이다. 정치를 하려면, 정치인이라면 흠도 좀 있고 법을 어겨도 당연하다는 게 여전히 일반적인 통념이었다. 사람들은 댓글 조작에 대해서는 알면서도, 조작으로 만들어진 부정적인 이미지에 대해서는 바꿀 생각을 하지 않았다.

그렇게 한국을 떠났을 때, 나는 내 머릿속을 뒤흔드는 새로운 세상과 만났다. 그곳에서는 한국에서 벌어졌던 수많은 일들이 도저히 이해되지 않고 그냥 놔둘 수 없는 심각한 범죄로 받아들여졌다. 바로 내가 방문 학자로 살았던 독일이다. 이곳에서 사람이 사람으로서, 사회의 구성원으로서 살아가는 데 가장 중요한 원칙이 하나 있다면 다름 아닌 '정직'이다. 거짓말하고 속이는 사람은 사회에 다시 발을 붙이기 어려울 정도다. 엄격하지만 사람으로서의 도리를 중요하게 여기고, 다른 사람에게 피해를 주지 않으며 오히려 도움이 필요한 사람에게 적극 선의를 베푸는 사회. 나는 합리적이고 사실을 중요시하며 규칙을 준수하는 독일인들에게서 정직하고 깨끗하게 살아가고 싶던 내 꿈이 단지 꿈은 아니라는 사실을 깨달았다.

비단 내 꿈만이 아니다. 하물며 나처럼 요즘 말로 '멘탈이 강한 사람'도 힘든데, 열심히 일하고 평범하게 살아가는 사람들이 받을 상처와 억울함, 박탈감과 분노를 생각하면 우리 사회의 구조적인 문제는 매우 심각하다. 사람들의 꿈과 미래, 희망, 이 모든 것이 현재 우리 사회에서는 지킬 수 없는 약속과 같아서 슬픈 현실이다.

나는 우리 사회에서 기본적인 약속과 정직, 공정과 원칙이 지켜질 수 있는 구조를 만드는 것이 '정치'가 해야 할 일이라고 생각한다. 사람이 사람다운 도리를 다하면 인정받을 수 있어야 한다. 으레 흠도 좀 있고 법을 어겨도 괜찮은 게 아니라, 흠이 있으면 사과하고 법을 어겼으면 엄정하게 처벌받아야 한다. 그런 토대를 만들어야만 그 위에 새로운 가치를 쌓아 올릴 수 있다. 공정과 원칙이 지켜지지 않는데 그 어떤 좋은 정책을 실시한들 얼마나 지속될 수 있겠는가.

그런 점에서 에스토니아는 정부에서 블록체인 기술을 활용해 국가의 운영을 더욱 더 투명하게 관리하고자 했다. 미래세대로의 전환이 이뤄진 젊은 리더들의 과감한 혁신 덕분이다. 핀란드도 더없이 눈부신 나라였다. 맑은 공기와 깨끗한 하늘을 볼 수 있고 야생의 숲이 잘 보존된 아름다운 핀란드는 교육으로 널리 알려진 나라다. 하지만 내가 핀란드에서 인상적으로 느낀 것은 따로 있었다. 바로 국민들의 DNA 속에 자리 잡고 있는 '공유와 개방의 정신'이었다. 대체 어떻게 핀란드는 세상에서 가장 행복하고 탁월한 교육 시스템을 구축할 수 있었을까? 그 해답은 그들이 살아남기 위해 선택한, 남다른 철학에서 찾을 수 있었다.

그런데 독일처럼, 에스토니아나 핀란드처럼 되기 위해 다같이 바닥부터 다시 세우자고 하면 그 꿈이 이뤄지기까지 아주 멀고 아득해 보인다. 한마디로 시간이 너무 오래 걸릴 것 같다. 그렇다면 어떤 선택을 할 수 있을까? 나는 프랑스에서 국민들의 힘을 목격할 수 있었다. 프랑스 국민들은 국회의원 한 명 없던 마크롱을 대통령으로 뽑았다. 프랑스도 우리처럼 경제 문제, 노동 문제, 불평등 문제 등으로 사회적 불신이 깊어질 대로 깊어진 상태였다. 기존의 두 거대 정당이 이 문제를 풀 것이라는 희망을 접은 프랑스 국민들은 새로운 미래를 고민했고, 마크롱이 주축이 된 실용적 중도 정당을 선택했다. 실용적 중도 정당이 모든 문제를 해결하는 만능이라는 이야기가 아니라, 폭주하는 이념 대결에 종지부를 찍고 새로운 선택을 할 때만이 문제가 해결되고 다시 미래에 대한 희망을 가질 수 있다고 프랑스 국민들은 생각한 것이다.

30여 년 전 컴퓨터 바이러스 잡는 백신을 만들 때, 하루 종일 의학 연구자로 일하면서도 새벽 3시에 일어나 6시까지 백신을 만들었던 기억이 지금도 생생하다. 고생해서 만든 백신을 무료로 보급했던 이유는 단순했다. 함께 살아가는 사회에 조금이라도 보탬이 되고 싶었다. 회사를 만들고 교수를 할 때도 마찬가지였다. 공익적인 마인드는 지금도 변함없는 내 삶의 기준이다. 한 인터뷰에서 "의사로서 살아 있는 바이러스 잡다가, 컴퓨터 바이러스 잡다가, 지금은 낡은 정치 바이러스 잡고 있다"고 말했다. 내 팔자가 바이러스 잡는 팔자인 것 같다.

정치를 시작하며 가졌던 소박한 꿈은 여전하다. 내가 이 책에서 말하는 대한민국의 나아가야 할 방향과 희망은 거창한 것이 아니다. 정직하고 깨끗하면 인정받는 사회, 거짓말 안 하고 규칙을 지키며 살아가는 사람들이 잘살고 떳떳한 사회를 만드는 것이다. 나는 유럽의 여러 나라를 다니면서 곳곳에서 우리나라를 위한 가능성과 희망의 싹을 발견할 수 있었다.

많은 사람들이 같은 고민을 한다면 그 문제는 풀리게 마련이다. 많은 사람들이 같은 곳을 바라본다면 사회는 그 방향으로 변하기 마련이다. 많은 사람들이 간절히 원한다면 그 꿈은 이루어지기 마련이다. 미래는 피하고 싶은데도 다가오는 두려움이 아니다. 미래는 우리가 가진 생각으로 만들어가는 가능성이며 희망이다. 우리의 생각이 우리의 미래를 만든다.

KI신서 8902

안철수, 우리의 생각이 미래를 만든다

1판 1쇄 인쇄 2020년 01월 15일
1판 1쇄 발행 2020년 01월 22일

지은이 안철수
펴낸이 김영곤
펴낸곳 (주)북이십일 21세기북스

콘텐츠개발1팀 문여울 최유진
책임편집 문여울 **표지디자인** 형태와내용사이
영업본부장 한충희
출판영업팀 오서영 윤승환
마케팅팀 배상현 김보희
제작팀 이영민 권경민

출판등록 2000년 5월 6일 제406-2003-061호
주소 (10881) 경기도 파주시 회동길 201(문발동)
대표전화 031-955-2100 **팩스** 031-955-2151 **이메일** book21@book21.co.kr

(주)북이십일 경계를 허무는 콘텐츠 리더

21세기북스 채널에서 도서 정보와 다양한 영상자료, 이벤트를 만나세요!
페이스북 facebook.com/jiinpill21 **포스트** post.naver.com/21c_editors
인스타그램 instagram.com/jiinpill21 **홈페이지** www.book21.com
유튜브 www.youtube.com/book21pub

서울대 **가**지 않아도 들을 수 있는 **명강**의! 「서가명강」
네이버 오디오클립, 팟빵, 팟캐스트에서 '서가명강'을 검색해보세요!

ⓒ 안철수, 2020
ISBN 978-89-509-8584-4 03810